Frédéric Soulié

Christine à Fontainebleau drame en cinq actes

AF130518

Anatiposi

Frédéric Soulié

Christine à Fontainebleau drame en cinq actes

Réimpression inchangée de l'édition originale de 1860.

1ère édition 2023 | ISBN: 978-3-38270-138-3

Anatiposi Verlag est une marque de Outlook Verlagsgesellschaft mbH.

Verlag (Éditeur): Outlook Verlag GmbH, Zeilweg 44, 60439 Frankfurt, Deutschland
Vertretungsberechtigt (Représentant autorisé): E. Roepke, Zeilweg 44, 60439 Frankfurt, Deutschland
Druck (Imprimerie): Books on Demand GmbH, In de Tarpen 42, 22848 Norderstedt, Deutschland

CHRISTINE A FONTAINEBLEAU

DRAME EN CINQ ACTES, EN VERS

PAR

FRÉDÉRIC SOULIÉ

REPRÉSENTÉ POUR LA PREMIÈRE FOIS, A PARIS, SUR LE THÉATRE DE L'ODÉON, LE 13 OCTOBRE 1829.

DISTRIBUTION DE LA PIÈCE

CHRISTINE, reine de Suède.............. Mlle GEORGES.
LE MARQUIS DE MONALDESCHI, grand
écuyer de la reine..................... MM LOCKROY.
LE DUC DE GUISE, envoyé par Louis XIV
près de la reine....................... A. VINCENT.
LE COMTE SUENON DE LA GARDIE,
jeune Suédois.......................... MARIUS.
LE BARON DE CHARNACÉ, gentilhomme
français............................... DELAFOSSE.
CLAIRET, intendant de la reine......... É. BERNARD.
SIMON, secrétaire...................... ARSÈNE.
MÉRULA, bandit napolitain au service secret
de Monaldeschi........................ LIGIER.

BEMPO, gentilhomme italien au service de la
reine.................................. MM. DUPONT.
LANDINI, chimiste au service de la reine... DELAISTRE.
DORIA, gentilhomme italien au service de la
reine.................................. LEROUX.
SANTINELLI, capitaine de compagnie franche, LEBRUN.
LE P. LEBEL........................... TOULOUT.
MICHELI, domestique de la reine........ MÉNÉTRIER.
MARIANNE, fille de Clairet, femme de
chambre de Christine................... Mme A. NOBLET.
FANCHON, femme de Landini, femme de
chambre de Christine................... E. DUPUIS.
SOLDATS DE SANTINELLI, GENTILSHOMMES ITALIENS, FEMMES DE LA
REINE, VALETS, PAGES ETC., DE CHRISTINE

ACTE PREMIER.

Un salon assez petit, ouvert par le fond par une grande porte et
deux croisées latérales qui laissent voir une vaste salle en galerie.
Deux gardes sont dans cette galerie, et passent devant la porte et
les fenêtres du petit salon qui sont ouvertes. A droite de l'acteur
est une porte de la hauteur de la porte du fond; à gauche, une
petite porte basse et moins visible; sur le premier plan à droite,
une cheminée et une pendule; auprès, une table, des livres, du
papier et des flambeaux allumés; à gauche, une croisée près de
la petite porte; des fauteuils et des pliants çà et là.

SCÈNE PREMIÈRE.

LANDINI, MÉRULA, UN OFFICIER, paraissant dans le fond avec DEUX
GARDES.

L'OFFICIER, s'arrêtant de loin.

Fontainebleau!

LES GARDES.

Christine!

(Les nouveaux gardes s'approchant des premiers; en échange les mots d'ordre
tout bas. L'officier s'éloigne avec les gardes. Aussitôt les nouveaux venus
posent leur arquebuse contre les croisées du fond et entrent avec précaution
dans le petit salon.)

LANDINI.

Enfin nous y voilà.
Je suis bien déguisé, n'est-ce pas, Mérula?

MÉRULA.

Oui, certes. Maintenant, découvrons les deux portes.

LANDINI.

Rien ne peut me trahir?

MÉRULA.

Si l'habit que tu portes
Laisse percer encor l'alchimiste voleur,
Il te prête du moins certain air de valeur
Sous lequel Landini suffisamment se cache.

LANDINI.

Ce que je fais ici n'est pas le fait d'un lâche,

Et d'ailleurs cet habit te sied aussi fort bien.

MERULA.

Tu trouves?

LANDINI.

Il te donne un air d'honnête de bien
Qui fait que l'assassin ressemble à l'alchimiste.

MERULA, portant la main à son poignard.

Encor deux mots pareils, et que le ciel t'assiste!..

LANDINI.

Doucement! Chaque jour tu deviens plus brutal.
Voyons, de quel côté donnerons-nous le signal?
Par où sortirons-nous avec la jeune fille?

MERULA, allant à la porte de gauche.

La porte que voici mène jusqu'à la grille
Où le carrosse attend.

LANDINI.

C'est l'escalier secret
Par où Monaldeschi le matin disparaît.
Jésus! à quel métier le marquis nous condamne!

MERULA, allant à la porte de droite.

Celle-ci, c'est par là que sortira Marianne,
Chez la reine conduit par un long corridor.

LANDINI.

La fille de Clairet... et nous pour un peu d'or!..

(A Merula.)

Tiens, à trop de dangers cette action nous livre;
Nous avons nos poisons et ton poignard pour vivre,
Quittons Monaldeschi.

MERULA.

Pourquoi donc, s'il vous plaît?

LANDINI.

C'est que ce n'est pas là ce qui nous appelait.
Est-ce pour satisfaire un amour de jeune homme
Que depuis plus d'un mois nous avons quitté Rome?
Il sera roi, dit-il, et nous, nous nous mettrons
Une couronne au cou.

MERULA.

Modèle des poltrons,
A quoi donc es-tu bon, si tu crains qu'on te pende?

LANDINI.

C'est que tu ne sais pas ce que l'on nous commande,
Non... tu ne le sais pas!.. Aller seul, en plein jour
Frapper Louis Quatorze au milieu de sa cour,
Ou servir du poison dans de l'eau froide et claire,
Serait moins imprudent que ce qu'on nous fait faire.

MERULA.

J'ai l'ordre du marquis, son premier intérêt
Sera de me sauver.

LANDINI.

Te sauver de Clairet?
Souviens-toi de ce jour où Clairet, à sa honte,
Las du nom d'intendant, voulut devenir comte.
Qui de tous ses travaux lui fit perdre le fruit?

MERULA.

Le marquis; cela fit alors assez de bruit.

LANDINI.

Eh bien! tant qu'il vivra, que Monaldeschi tremble!
Et pour nous, qu'aujourd'hui même chance rassemble,
La meilleure défense est un profond secret;
Car si le marquis peut donner prise à Clairet,
Il en a bien assez de se sauver lui-même.

MERULA.

Bah! la reine en est folle.

LANDINI.

Oui, mais plus elle l'aime,
Plus cet enlèvement est coupable à ses yeux :
Son amour outragé deviendra furieux.

MERULA.

Il serait impuissant... Vois avec quelle adresse
Le marquis, de la reine abusant la tendresse,
Il a su l'entourer des plus étroits liens;
Le palais est déjà peuplé d'Italiens.
Excepté Suénon, comte de La Gardie,
Dont la flamme à parler s'est, dit-on, enhardie,
Tous les officiers, tous, sont de notre pays.

LANDINI.

Je ne m'y fierais pas si nous étions trahis.
Mais c'est Clairet...

MERULA.

Clairet, c'est un bien terrible homme!
Tout le monde à présent tremble dès qu'on le nomme;
Mais la peur seule prête un pouvoir aussi grand
Aux talents ignorés d'un valet ignorant.

LANDINI.

Ce valet ignorant, puisqu'il ne sait pas lire,

Près de Gustave-Adolphe avait beaucoup d'empire;
Sur sa fille Christine il n'en garde pas moins,
Et j'ai peur...

MERULA, l'interrompant.

Landini, tes yeux furent témoins
D'un outrage au marquis fait dans un bal à Rome...
L'agresseur était brave, il était gentilhomme,
Officier du saint-père et puissant à sa cour;
Son nom me fut appris une heure avant le jour,
Et quand le jour parut il gisait sur la pierre,
Poignardé sur le seuil des portes de Saint-Pierre.
J'obéis... obéis : j'ai répondu de toi.

LANDINI.

Sainte vierge Marie, ayez pitié de moi!

MERULA, brutalement.

Allons...

LANDINI, tranquillement.

Allons.

MERULA, allant vers la porte du fond.

Chut... paix... Tenons-nous sur nos gardes,
J'entends déjà du bruit dans la salle des gardes;
La reine va rentrer, appelle.

(Landini va près de la porte qui conduit chez la reine et frappe trois coups dans ses serrures.)

Bien...

LANDINI, après avoir écouté et attendu, à voix basse et à travers la porte.

Fanchon,

Fanchon, ma femme!

MERULA.

Eh bien? te répond-elle?

LANDINI.

Non.

MERULA.

Appelle encor.

LANDINI.

Fanchou!

SCÈNE II.

FANCHON, entr'ouvrant la porte de la reine; LANDINI, près de cette porte; MERULA, veillant à la porte du fond.

FANCHON.

C'est moi... silence; apprête

Les papiers.

LANDINI.

Les voici. Tu sais...

FANCHON.

Sur la toilette,
Dans la chambre à coucher.

MERULA, sans quitter la porte du fond.

Que la reine, ce soir,
Ne puisse s'endormir sans les apercevoir.

FANCHON.

C'est convenu. Bonsoir!

LANDINI.

Bonsoir!

MERULA.

Eh! vite, alerte!
La cour rentre, et je vois la galerie ouverte.

(Ils reprennent tous deux leurs postes en dehors du salon.)

SCÈNE III.

SUÉNON, à droite de la scène, tout à fait sur le devant, dans une attitude morne; CHARNACÉ, à côté, l'air fort dégagé; CHRISTINE, très-préoccupée, observant Suénon pendant toute la scène; GUISE, à sa gauche; MONALDESCHI, à l'extrême gauche, regardant avec soin la reine et Suénon; L'HUISSIER, sur les portes du milieu; LANDINI, MERULA, dans la pièce qui précède, paraissant de temps en temps sur deux croisées. Cour nombreuse d'OFFICIERS, de DAMES D'HONNEUR, et de PAGES; QUATRE FEMMES DE SERVICE, qui paraissent à la porte de la reine à la voix de l'huissier, et parmi lesquelles est MARIANNE.

(Un huissier précède la reine, qui entre donnant la main à Guise. Suivent les autres personnes.)

L'HUISSIER, à la porte du fond.

La reine!

(A la porte de la reine.)

Le coucher!

(Les femmes de service entrent, l'huissier se retire du fond.)

CHRISTINE.

Messieurs, j'aurais plus tard
Écouté vos projets de chasse, où je prends part;
Mais vous partez ce soir, Guise, et je veux moi-même

Écrire à Mazarin.

GUISE.

Vous ?

MONALDESCHI.

Ce ministre m'aime,
Madame, et sans troubler le repos de vos nuits,
Vous pourriez de ce soin me laisser les ennuis ;
Mon crédit suffirait, je pense, en cette affaire.

CHRISTINE.

Oui... je le crois, marquis ; mais Charnacé préfère
Me devoir ce service.

CHARNACÉ.

Il m'en sera plus doux.
Mais on peut refuser, Madame, même à vous.

GUISE.

Comment ?

CHARNACÉ.

Madame ignore encor mes plus grands vices !
Que j'aie à leurs couvents enlevé des novices,
On corrige, la nuit, des bourgeois indiscrets,
Qui voulaient de leur femme apprendre les secrets ;
Que j'aie enfin, du roi, sans égard pour l'usage,
Sur un plomb peu loyal compromis le visage :
Cela touche, après tout, messieurs du parlement,
Et de leurs grands arrêts on a grâce aisément.
Mais j'étais de la Fronde, à la cour, à la guerre :
Le Mazarin le sait, et lorsqu'il a naguère
Voulu salir mon nom par un arrêt cruel,
Le faquin se vengeait de quelque gai Noël,
Où j'aurais pour l'État déploré la manie
Qu'on a des gens de rien, toujours gens de génie.

GUISE, à Christine.

L'âge saura calmer ces vifs ressentiments,
Mais d'un vrai gentilhomme il a les sentiments.
Son père eut vos bontés, et je me persuade...

CHRISTINE, rapidement.

Quand Charnacé m'aida pendant son ambassade
A porter le pouvoir que j'abdiquai depuis,
Il s'est acquis des droits à tout ce que je puis.
Je garderai son fils qui promet d'être sage ;
Toutefois Mazarin recevra son message.
Bien qu'ici Charnacé soit à l'abri des lois,
A l'honneur de mes gens, à lui-même je dois,
Pour casser son arrêt, de beaucoup entreprendre.

MONALDESCHI, avec intention.

Dans votre cabinet alors je vais me rendre.

SUÉNON, d'une voix étouffée.

Madame...

CHRISTINE, vite.

Non, marquis ; Suénon suffira.

(Regardant Suénon.)

Sous ma dictée cet lui-même il écrira.
Bonsoir, Messieurs !

(Guise et Charnacé se retirent et causent avec les officiers dans le fond.)

MONALDESCHI.

Pardon !

CHRISTINE.

Marquis !

MONALDESCHI.

Je prends, Madame,
La liberté qu'en vain mon regard seul réclame,
Puisqu'enfin ce regard n'est déjà plus compris.
Un courrier m'a ce soir apporté de Paris
Ces lettres qu'à vous seule il m'a dit de remettre.

CHRISTINE, avec impatience.

Oui, je les attendais.

MONALDESCHI.

Je n'ai pas été maître
De remplir ce devoir aussi secrètement
Qu'il le fallait.

CHRISTINE.

Demain... dans un autre moment,
Je les lirai... C'est bien !

MONALDESCHI, à part, pendant que tout le monde salue.

De moi l'on se défie ;
Je vois qu'il était temps.

(Tout le monde se retire, les gardes du fond eux-mêmes.)

SCÉNE IV.

SUÉNON, toujours profondément absorbé, CHRISTINE, qui a attendu avec anxiété que tout le monde fût retiré, et qui revient au fond de la scène.

CHRISTINE.

Eh bien ! que signifie
Ce désordre effrayant, ce billet insensé

Qu'au salon votre main dans la mienne a glissé ?

(Elle montre le billet, et l'ouvre.)

C'est un ordre insultant, qu'une telle prière !

(Elle lit le billet.)

« Par grâce pour mes jours et par pitié dernière,
« Avant que Guise parte, un moment d'entretien... »
J'ai cédé, me voici, que me voulez-vous ?

SUÉNON, avec désespoir.

Rien...

Rien, Madame... oubliez, pardonnez ce délire :
Ce billet disait tout, si vous l'aviez su lire.
Ah !.., Je me suis trompé.

CHRISTINE, d'un ton de doux reproche.

Suénon...

SUÉNON.

Pardonnez.
On ne peut fuir les maux qui nous sont destinés ;
Les plus cruels manquaient aux douleurs de ma vie :
C'était de vous quitter quand je vous ai servie,
Et c'est de vous déplaire avant de vous quitter.

CHRISTINE.

Je ne puis vous comprendre !

SUÉNON.

Ah ! daignez m'écouter !
Comme un dernier bonheur laissez-moi ma défense.
Ce billet, de ma part, est sans doute une offense,
Mais... il fallait partir... ce soir absolument,
Madame, et je voulais avoir votre agrément.

CHRISTINE, piquée.

Pourquoi donc ? Dans ma cour chacun fait à sa guise.
Vous allez ?

SUÉNON, avec effort.

Je m'attache à monseigneur de Guise.

CHRISTINE, vivement.

C'est donc que vous quittez ma maison ?

SUÉNON.

Je le dois.

(Se maîtrisant avec peine.)

Bien jeune... mais issu d'un vieux sang suédois,
Entre tous ces marquis... qu'ici Rome expédie...

CHRISTINE, sévèrement.

Vous n'êtes plus à moi, comte de La Gardie,
Sortez...

SUÉNON, douloureusement.

Quoi !... vous l'aimez !

CHRISTINE, moins irritée.

Non... Je hais les soupçons,
Les fous... et les donneurs d'imprudentes leçons.
Sortez !

SUÉNON, prêt à sortir, avec désespoir.

Ah ! vous n'avez ni pitié ni clémence !
Cependant de mon cœur vous savez la démence.
Ah ! quand dans la tristesse où je cachais mes jours
Vous veniez sur mes pleurs m'interroger toujours,
Moi, je mourais, sans dire une flamme insensée ;
Votre pitié trompeuse égara ma pensée ;
Du mal qui me brûlait elle excita l'aveu ;
Eh bien ! depuis ce jour osai-je faire un vœu ?
Non, dans mon désespoir habile à me contraindre,
J'ai su vous épargner jusqu'au soin de me plaindre ;
De me taire et souffrir me faisant une loi,
Vous ai-je jamais dit : Ayez pitié de moi ?

CHRISTINE, avec douceur.

Eh ! pourquoi donc ce soir... j'en suis encor saisie,
Ce billet... ce départ ?

SUÉNON.

Pourquoi ? La jalousie,
Un horrible soupçon... Oui, lorsque, loin de tous,
Le marquis semblait seul oublié parmi nous
(Et ce manège adroit a pu tromper les autres),
J'ai vu deux fois ses yeux interroger les vôtres ;
Votre bouche deux fois a murmuré : demain ;
Et deux fois j'ai trouvé mon poignard sous ma main.

CHRISTINE.

Et comment voulez-vous qu'une femme confie
Son bonheur, son repos, le secret de sa vie
A ce cœur insensé !...

SUÉNON, avec amour.

Dieu !

CHRISTINE, triste et souriant.

Vos vœux oubliés
N'aspiraient qu'au bonheur de souffrir à mes pieds.
Si je les écoutais avec moins d'indulgence,
Subirais-je aujourd'hui votre folle exigence ?

SUÉNON, suppliant.

Oh. mais... si cet amour, plus soumis désormais...

CHRISTINE, presque troublée.

Non... non... je vous défends de m'en parler jamais.

SUÉNON.

Jamais!..

CHRISTINE, s'assurant.

Oui, Suénon... Je le dois.. je l'ordonne...

(Elle lui tend la main.)

Et je suis votre amie... Allez, je vous pardonne.

SUÉNON, douloureusement, après avoir baisé sa main.

Oh! Madame!

CHRISTINE.

Il suffit; à Guise vous direz

Que demain...

(Elle le renvoie de la main.)

Dites-lui tout ce que vous voudrez.

SUÉNON.

Adieu, Madame!

CHRISTINE.

Allez... Un mot... Cette dépêche

Doit toucher Guise, et même il se peut qu'elle empêche

Son départ.

SUÉNON.

Et c'est prendre un soin qui sera doux

A son cœur.

CHRISTINE.

Comme au mien, qui l'oubliait pour vous.

C'est bien de Mazarin... pressée et très-secrète,

Et toute de sa main... Un moment, je suis prête.

» Madame,

« L'issue de notre négociation ne peut tarder, et par conséquent le choix qu'il vous faut faire d'un roi de Suède. Vous
penserez aux rivalités qu'exciterait dans la nation le choix
d'un seigneur suédois. Le duc de Guise est d'un nom qui a
porté trop de trouble dans la France pour que la famille de
Bourbon vît avec plaisir tomber une couronne sur la tête du
petit-fils du Balafré; quant à moi, vous savez où tendent
mes amitiés et où porteront tous mes efforts; cependant le
secret que vous faites de cette affaire au marquis, ma fait
craindre que vous m'ayez mal comprise. Quoi qu'il en puisse
être, il faut vous hâter. On distribue à la cour, sous le manteau, un libelle infâme contre Votre Majesté; une main in-
connue l'a fait pénétrer dans les plus intimes appartements
du roi. Un exemplaire en a été trouvé sous le chevet de son
lit et supprimé par un valet qui m'est tout dévoué. Nos projets y sont mis à nu, et si nous laissons à cette intrigue le
temps de s'ébruiter, nous aurons beaucoup fait pour n'arriver à rien. »

Oui, oui, j'avais raison; il me faudra parler

A Guise.

SUÉNON.

Cette lettre a de quoi vous troubler.

CHRISTINE.

Il est vrai; car peut-être elle sera suivie

De la décision du reste de ma vie.

SUÉNON.

Je n'avais qu'un espoir, si je m'en vois priver.

CHRISTINE.

Vous n'en souffrirez rien, quoi qu'il puisse arriver.

SUÉNON.

Quoi qu'il puisse arriver et quoi que je redoute,

Puisqu'au trône l'hymen va vous rendre sans doute,

J'engage de nouveau pour moi, pour tous les miens,

Nos voix et notre nom, notre sang et nos biens,

A vous, mais à vous seule.

(Il sort après avoir salué.)

SCÈNE V.

CHRISTINE, suivant des yeux Suénon, va jusqu'à la table et sonne; MÉRULA,
LANDINI, dans le fond; les FEMMES DE SERVICE, parmi lesquelles est
Marianne.

CHRISTINE, suivant Suénon des yeux.

Il souffre, mais il m'aime.

(A ses femmes, qui sont paru au coup de sonnette.)

Je rentre.

MÉRULA, bas à Landini, lui montrant Marianne.

La voilà.

CHRISTINE, pensive et rentrant lentement.

Lui... m'aime-t-il de même?

Suénon... il suivrait mes ordres absolus...

Mais... non... Monaldeschi doit m'aimer encor plus;

Oui, sans doute, il le doit... Je ne suis pas heureuse!...

(Elle rentre avec ses femmes.)

SCÈNE VI.

LANDINI, MÉRULA, entrent dans le salon après avoir laissé leur arquebuse en dehors.

LANDINI, entrant avec précaution et fermant la porte et les croisées du
fond.

Voici l'instant fatal.

MÉRULA, agité.

Rencontre désastreuse!

LANDINI.

Pour rentrer chez son père il faut que par ici

Marianna passe.

MÉRULA.

Enfer! damnation!

LANDINI, éteignant les flambeaux.

Voici

Qui mieux que ces habits nous sert et nous déguise.

MÉRULA.

Guise m'a reconnu!...

LANDINI.

Que parles-tu de Guise?

MÉRULA.

Eh! ne l'as-tu pas vu, de son regard perçant,

Deux fois sous cet habit m'observer en passant?

Il m'a reconnu.

LANDINI.

Lui... d'où peux-tu le connaître?

MÉRULA.

Eh! de Naples un jour ne fut-il pas le maître?

LANDINI.

Ah! oui! ce jour fameux où, par lui révolté,

Le peuple aux Espagnols reprit sa liberté!

MÉRULA.

C'est alors... je ne sais quelle belle furie

A moi me prit aussi de servir la patrie;

Je fus le généreux... et j'allai comme un fou

Tuer vingt Espagnols dont je n'eus pas un sou.

LANDINI.

Quelle partie!

MÉRULA.

Oui, Guise alors la perdit belle.

Mais, trahi par la France, il s'enfuit en rebelle;

Et moi, pour tout l'honneur que je m'étais acquis,

Tout bas, je gagnai Rome, où, grâce au marquis...

LANDINI, hésitant et secouant la tête.

Diable!

MÉRULA.

As-tu peur?

LANDINI, hésitant.

Non; mais c'est une peccadille,

Après ces grands exploits, d'enlever une fille.

Puis...

MÉRULA.

Hein!

LANDINI.

Quand pour la gloire on expose ses jours,

Passe... mais...

MÉRULA.

Hein!

LANDINI.

Je dis...

MÉRULA.

Ce que tu dis toujours

Est d'un lâche et d'un sot; écoute, voici l'ordre.

LANDINI.

L'infâme enragé! rien ne l'en fera démordre.

MÉRULA.

A travers la forêt le carrosse conduit

Avec Marianne ici doit rentrer cette nuit.

LANDINI.

C'est l'ordre du marquis.

MÉRULA.

Mais au coin de la route,

Où notre homme, demain, interrogé, sans doute,

Dire qu'il nous a vus passer, et qu'au grand trot

Nous allions vers Paris... moi, je reste.

LANDINI.

Ah! c'est trop!

MÉRULA.

Toi, dont rien n'a trahi la figure,

Tu ramèneras seul Marianne et la voiture.

LANDINI.

A travers la forêt, seul, je n'en ferai rien;

Non.

MÉRULA.
Si...

LANDINI.
Non...

MÉRULA.
Aussi sûr que je suis bon chrétien,
Qu'aucun sbire d'Espagne ou brave d'Italie
Ne tient de son poignard la lame aussi polie;
Aussi vrai qu'il n'est pas au monde un bras humain
Qui puisse par la force en désarmer ma main,
Tu le feras!

LANDINI, à part.
L'infâme!..

MÉRULA.
Eh! mais je te conseille
De te plaindre! Et sais-tu, moi, qu'il faut que je veille
Souvent toute la nuit pour venir recevoir
Les ordres du marquis, sans qu'on puisse me voir;
Courant par tous les temps, en tous lieux, à toute heure,
Et changeant tous les jours de nom et de demeure?
De Paris, ce matin, à pied je suis venu.
Enfer!.. Et maintenant me voilà reconnu.
Mais j'y pense, en effet...

(À part.)
Oui, la retraite est sûre.

(À Landini.)
Dis au marquis pourquoi je prends cette mesure.
Demain je lui ferai dire au juste où je suis.

(À part.)
Le tour sera plaisant pour l'ermite.

LANDINI.
Poursuis.

Fais-moi pendre.

MÉRULA.
Eh! pleureur, le trépas te délivre
Du tourment de trembler.

LANDINI.
Je veux trembler et vivre,
Et vivre longuement.

MÉRULA.
Eh! tu devrais rougir...

Mais je l'entends.

LANDINI.
Jésus!

MÉRULA.
Allons, il faut agir!
(Il tire le mouchoir, le masque.)
J'ai le mouchoir, le masque... et toi...
LANDINI, montrant chaque objet à mesure qu'on les nomme.
J'ai la lanterne.

MÉRULA.
La clef de la porte?

LANDINI.
Oui.

MÉRULA.
Celle de la poterne?

LANDINI.
Oui...

MÉRULA.
Vite en place.
(Mérula se colle à la porte de la reine, et Landini se met près de celle du fond.)

SCÈNE VII.

MÉRULA, le mouchoir et le masque à la main; LANDINI, les deux clefs à sa ceinture, et la lanterne sourde cachée; MARIANNE, un bougeoir à la main.

MARIANNE, entrant.
Ah! c'est éteint... il est bien tard;
Mon père m'en voudra d'un aussi long retard.
(Elle vient jusqu'à la cheminée et regarde.)
Dix heures...
(Elle va pour sortir; Mérula, par derrière, lui jette le mouchoir sur le visage et le masque par-dessus, et le noue. Il le remet à Landini, qui lui prend les deux mains et qui lui remet une clef et la lanterne.)
MÉRULA.
Tiens-la bien, je vais ouvrir la porte.
(Il va à la porte de gauche.)
LANDINI.
Comme elle se débat!
MÉRULA, avec colère.
Que le diable t'emporte!..

L'autre clef?

LANDINI.
La voilà!.. J'ai peine à la tenir!
(Landini, pour remettre à Mérula la clef, quitte une des mains de Marianne, de façon qu'il donne la clef à Mérula de la main gauche, et tient Marianne de la main droite.)
MARIANNE, qui, avec sa main gauche, a presque arraché son masque.
Au secours!..

MÉRULA, s'élançant de la porte, le poignard à la main
Enfer!..
LANDINI, l'arrêtant et enveloppant Marianne tout entière de son manteau.
Grâce!..

MÉRULA, avec une espèce de rugissement.
Hum!.. tâchons d'en finir
(Il lui donne la clef.)
Ouvre!
LANDINI, qui a été ouvrir en tremblant.
C'est fait!
MÉRULA, avec mépris et colère, et jetant Marianne enveloppée sur son épaule.
Allons, pour les soins qu'elle cause
Au marquis, puis à nous, c'est, ma foi, peu de chose.
(Ils sortent par la porte de gauche.)

SCÈNE VIII.

CLAIRET, au bras de Simon, l'air silencieux et observant tout d'un air moqueur, casse de corps et la tête agitée; SIMON, simplement têtu, portant une petite lanterne.

CLAIRET, sur la porte.
Voilà comment se fait le service.
SIMON, dont Clairet a quitté le bras, au fond.
Où sont donc
Les gardes d'intérieur?
CLAIRET.
Tout est à l'abandon.
De ce jeune étourneau fêtant la bienvenue,
Leurs officiers là-bas boivent sans retenue;
Les soldats font comme eux.
SIMON.
Vous faites bien, ma foi!
De venir au-devant de Marianne.
CLAIRET.
Pourquoi?
SIMON.
Il lui faut pour rentrer passer devant la porte
Où tous ces officiers s'enivrent.
CLAIRET.
Eh! qu'importe?
SIMON.
Ils ont tant bu! le vin conduit on ne sait où.
CLAIRET, aigrement.
Aucun vin n'en peut rendre aucun d'eux assez fou
Pour qu'il ose d'un mot, d'un geste ou bien d'un signe
S'adresser à ma fille.
SIMON.
Oui, certes.
CLAIRET.
Je m'indigne
Lorsque je vous vois tous sans colère essuyer
Leurs airs, et ceux surtout de ce grand écuyer.
SIMON.
Monseigneur le marquis... lui?
CLAIRET.
Grand écuyer, te dis-je!
(À part.)
Monseigneur le marquis! ces noms ont un prestige.
(Avec colère, à Simon.)
Baron, comte, marquis! ces noms sont donc bien beaux?
SIMON.
Pardon, monsieur Clairet.
CLAIRET, avec humeur.
Rallume ces flambeaux.
(À part, pendant que Simon allume les bougies éteintes.)
Et ma Marianne aussi... j'ai compris sa tristesse,
Quand sans la regarder il passe avec vitesse;
Puis, s'il lui vient parler, son heureux embarras...
Un Monaldeschi?.. Non...
(À Simon.)
Toi, tu l'épouseras.
SIMON.
Je crains que bien longtemps mon attente ne dure.
Je suis si peu de chose!
CLAIRET.
Oui, certes, la roture
Est d'étage à ne pas te laisser espérer

Qu'un maître bien servi daignera te titrer.
C'est ce que je veux.

SIMON.
Quel! vous...

CLAIRET.
Un marquis, un comte,
Crois-moi, ce soir, ici, j'en aurais à bon compte;
Je sens le riche, ils ont bon nez.

SIMON.
Mais je n'ai rien.

CLAIRET.
Toi, Simon... roturier... vilain... homme de bien.

SIMON, avec un peu d'affectation.
Mais de la reine, enfin, je suis le secrétaire.

CLAIRET, vivement.
Ah! oui, tu sais écrire; eh bien, sache te taire,
Insolent!

SIMON.
Mais, Monsieur...

CLAIRET.
Tu dois être ravi
De ton savoir profond... cela t'a bien servi!
A ton âge j'avais les secrets d'un vampire.
Je voudrais être roi... moi, si j'avais su lire.

SIMON.
Mais, cela m'a servi plus que je ne voulais.

CLAIRET.
Comment?

SIMON.
Je sais trop bien ce qu'on fait aux palais.
Grâce aux rarités que votre emploi vous donne,
Il ne part du château des lettres de personne
Que vous ne les ouvriez.

CLAIRET.
Que t'importe?

SIMON.
Et c'est moi
Qui les lis... on apprend beaucoup dans cet emploi;
Et des gens quelquefois ne veulent pas qu'on sache,
Et vous rendent discrets.

CLAIRET.
Silence, et fais ta tâche.
Ce n'est pas un service à te rendre si fier.
Cent autres l'auraient fait... mais pour celui d'hier,
Il est tel qu'il m'engage à te faire mon gendre.

C'est?

CLAIRET.
Pour m'avoir trouvé l'homme qui peut m'apprendre
En quel endroit secret de ses appartements
Le marquis a caché ses riches diamants,
Dont ses lettres souvent parlent en confidence.

SIMON.
Nous n'apprenons plus rien par sa correspondance.

CLAIRET.
Il trame quelque chose, et, certe il doit avoir
Quelques courriers secrets.

SIMON.
Ah! s'il a pu savoir
Que ses lettres...

CLAIRET.
Comment veux-tu qu'il nous le prouve?
Mais ma fille est à toi si l'ouvrier retrouve
L'endroit des diamants.

SIMON.
Écoutez; Dieu merci,
On vient de ce côté; sans doute la voici...

SCÈNE IX.

CLAIRET, sur le devant; SIMON, en face de la porte de la reine; FAN-
CHON, entrant précipitamment.

FANCHON, avec force.
Holà! quelqu'un!..

CLAIRET, allant à Fanchon.
Fanchon.

FANCHON.
Ah! c'est vous?

CLAIRET.
Qui t'amène?

FANCHON.
Mais, l'officier de garde?

CLAIRET.
Il boit ou se promène.

Mais qu'as-tu? que veux-tu?

FANCHON.
Dans un horrible état
J'ai laissé la reine.

SIMON.
Où donc?

FANCHON.
Elle se débat
Avec d'affreux sanglots; puis, changeant de pensée,
Dans ses appartements court comme une insensée.

CLAIRET.
Quel malheur? quel motif?

FANCHON.
Je ne puis concevoir;
Je ne sais... des papiers...
(A part.)
Qui l'aurait pu prévoir?
(A Clairet.)
Mais vous...

CLAIRET.
Je viens chercher ma fille.

FANCHON.
Elle est rentrée.

CLAIRET.
Par où? je ne l'ai point en venant rencontrée!

SIMON.
Peut-être elle aura pris les guichets.

CLAIRET.
Oui, va... cours,
Ve... j'entre chez la reine.

SCÈNE X.

CHRISTINE, en désordre, des papiers à la main; CLAIRET, FAN-
CHON.

CHRISTINE, d'abord dans la coulisse.
Au secours!.. au secours!...

CLAIRET, FANCHON, courant à elle.
Madame...

CHRISTINE, appuyée sur eux et se traînant vers la fenêtre.
Ouvre... de l'air... cette fenêtre.
(Elle tombe dans un fauteuil qu'approche Clairet.)
O rage!
Oh! j'étouffe...

FANCHON.
Madame...

CHRISTINE, avec des mouvements convulsifs et des sanglots.
Ah!

CLAIRET.
Reprenez courage.

CHRISTINE, dans une sorte de délire.
Ils m'ont assassinée...
(Elle tombe sur les bras de Fanchon, presque mourante, et sanglote.)

FANCHON.
Elle pleure.

CHRISTINE, avec douleur.
O forfait!
Pour me traiter ainsi, que leur ai-je donc fait?

CLAIRET, cherchant à la calmer.
Eh! Madame...

CHRISTINE, revenant à elle, et voyant Clairet.
Ah! c'est toi... toi, Clairet; viens, brave homme;
Viens, mon seul serviteur; on t'accuse, on te nomme
Dans cet infâme écrit... Qui n'ont-ils pas nommé?

CLAIRET.
On m'accuse?

CHRISTINE.
Oui... oui... toi... lui... tout ce que j'aimai...
Et Suénon aussi.

CLAIRET, à part.
Dieu! sa douleur s'oublie.
Sortez, Fanchon, sortez.

SCÈNE XI.

CLAIRET, CHRISTINE.

CHRISTINE.
Vois comme on m'humilie.
Juge, en voyant combien ce cœur fut outragé,
Si jamais son affront peut être trop vengé.

CLAIRET.
Quel affront?

CHRISTINE, froissant les papiers avec rage.
Noble prix de tant de sacrifices!

« Inhabile à jeter des grâces sur des vices,
Coquette sans amour, cruelle en mes humeurs,
J'ai le cœur faux... je suis une femme sans mœurs. »
Ils l'on écrit.

CLAIRET.
Qui donc ?

CHRISTINE.
Je ne suis qu'une femme ;
Mais le nom de l'auteur de cet écrit infâme,
Et je veux que son sang par moi-même épuisé
Me venge !

CLAIRET.
Mais ce nom ?

CHRISTINE, se levant impétueusement.
Quel pouvoir j'ai brisé !
Et qu'eux seuls souverains la vengeance est facile !
Fatale ambition d'une gloire imbécile !
Femme folle qui crus devenir un héros !
J'étais reine... j'avais des juges, des bourreaux !

CLAIRET.
Ah ! ce nom seul vous manque.

CHRISTINE.
Eh bien ! tranche mes doutes.

CLAIRET.
Moi ?

CHRISTINE.
Toi, qui de l'enfer démêlerais les routes,
Tu sauras... oui... tiens, lis...
(Elle lui donne les papiers.)

CLAIRET, avec embarras et humeur.
Eh ! Madame sait bien
Que jamais je n'ai su...

CHRISTINE.
Vous ne servez à rien ;
S'il fallait de quelqu'un me faire la satire,
Vous seriez prêt.

CLAIRET.
Madame...

CHRISTINE.
Allez.

CLAIRET.
Je me retire ;
Je laisse à de plus fins à chercher ce secret ;
Je sens mon impuissance à vous servir.

CHRISTINE.
Clairet,
Tu ne peux m'en vouloir... je suis si malheureuse !

CLAIRET.
Mais cette lettre enfin ..

CHRISTINE.
Cette lettre est affreuse !..
Si l'enfer à mes pas eût attaché Satan,
Sur mes tristes erreurs ils n'en sauraient pas tant.

CLAIRET.
De ce crime un ami serait donc seul capable ?

CHRISTINE.
Oui, j'ai bien dû l'aimer pour qu'il soit si coupable ;
Assez pour qu'à prix d'or je te paye son nom.

CLAIRET.
Vous le saurez.

CHRISTINE.
Comment !

CLAIRET.
Donnez... avec Simon
Bientôt dans cet écrit...

CHRISTINE.
Simon !... Qu'oses-tu dire ?
Moi-même, jusqu'au bout, j'ai tremblé de le lire.

CLAIRET.
Alors il faut attendre, et peut-être un hasard !...

CHRISTINE.
Attendre encore, attendre, ah ! c'est déjà trop tard ;
Car le lâche déjà triomphe, il compte l'heure,
Et se dit maintenant : Elle souffre, elle pleure ;
Et je pleure et je souffre, et tu ne me dis rien !
Donnez donc cet écrit, voilà le vrai moyen ;
La main qui fait le mal dans son œuvre s'imprime,
Et le nom du coupable est toujours dans son crime.
Donnez !

CHRISTINE.
En le lisant tu peux donc m'assurer
De m'en dire l'auteur ?

CLAIRET.
Oui, j'ose le jurer

Donnez !

CHRISTINE.
Mais ne fais point d'incertaines épreuves ;
Songe que du forfait il me faudra des preuves ;
Que je veux être juste, et réfléchis encor
Qu'en te payant ce nom par un titre et de l'or,
Il faut que ma vengeance aussi paye ma honte

CLAIRET.
Comment ?

CHRISTINE.
Dis-moi ce nom, demain je te fais comte.

CLAIRET.
Demain je serai comte ?

CHRISTINE.
Ou je te punirai
Si tu mens.

CLAIRET.
Donnez donc !

CHRISTINE.
Accepte, et je lirai.
Vous !.. Mais si l'auteur est de ceux à qui les femmes
Pardonnent aisément les torts les plus infâmes ?

CLAIRET.
O ciel !

CLAIRET.
Vous vous tairez ?

CHRISTINE.
Non !

CLAIRET.
Vous parlerez ?

CHRISTINE.
Non,
Je te promets sa mort.

CLAIRET.
Je vous promets son nom.
Lisez.
(Christine va s'asseoir près de la table où sont les flambeaux. Clairet reste
debout à côté d'elle.)

CHRISTINE, lisant.
« Christine, un homme de cœur, indigné de te voir prosti-
tuer la royauté à de sales intrigues, veut bien te donner un
dernier avertissement... Tu veux remonter au trône de
Suède ?... »
Eh bien ! l'affaire à peine est-elle ourdie ;
Qui le sait ?

CLAIRET.
Guise... moi... le jeune La Gardie.
(A part.)
Nos courriers sont trois fois après l'heure arrivés.
(A Christine.)
Ce n'est pas Suénon, ni Guise... Poursuives.

CHRISTINE, lisant.
« Christine ne sait-elle plus quels souvenirs elle a laissés
en Suède ? Pense-t-elle que tous les témoins de ces fêtes noc-
turnes, où présidait la débauche, soient morts comme le
comte Magnus de La Gardie ? Ou réserve-t-elle à son fils
Suénon l'héritage de son amour et le poison de Landini ? »
C'est toi qui le servis.

CLAIRET.
Mais il le fit.
(A part.)
Le traître
En s'en vantant aura séduit son nouveau maître.

CHRISTINE, lisant d'une voix qui s'éteint par degrés.
« Lequel de ses nombreux amants Christine compte-t-elle
choisir pour commander l'armée qui doit la ramener à Stoc-
kolm ? Sera-ce... Bellender, Shumlack, Guise, Monaldeschi ? »
Hélas !

CLAIRET.
J'entends à peine, et vous lisez si bas !

CHRISTINE.
Ah ! je meurs...

CLAIRET, approchant.
Qu'avez-vous ?

CHRISTINE.
Ne me regarde pas.

CLAIRET.
Courage !

CHRISTINE, avec resolution.
Écoute donc.
(Lisant.)
« Puyera-t-elle son armée avec ce million de piastres qu'elle
a emprunté à Rotterdam au juif Winter, et pour lequel elle

a donné en nantissement des diamants dont plus de la moitié
sont faux? »

> Bas et lâche mensonge!

CLAIRET.

Arrêtez!

CHRISTINE.

> La stupeur où ce crime le plonge

M'épouvante.

CLAIRET.

> Peut-être ils disent vrai.

CHRISTINE.

> Jamais,

Jamais!

CLAIRET.

> Oui, oui, deux jours, pendant que je traitais,

Il les garda...

CHRISTINE.

> Comment?

CLAIRET.

> Oui, c'est lui! quelle joie!

O volupté d'enfer! je tiens enfin ma proie!..

CHRISTINE, se levant et courant à lui.

Quel est-il? Parle, eh bien! j'ai promis son trépas...

CLAIRET.

Non, non, Madame... non, vous ne le saurez pas.
Ce nom, c'est tout mon bien, c'est mon sang, c'est ma vie,
Vous le saurez, ce nom qui vous fait tant d'envie,
Demain,... quand la victime enchaînée à loisir...
Je vous laisse aujourd'hui son supplice à choisir.

CHRISTINE.

Ce nom!..

CLAIRET.

> Demain...

CHRISTINE.

> Ce nom dans ton rire farouche,

Clairet, en traits de sang est écrit sur la bouche.
Lui!

CLAIRET.

> Vous n'en savez rien.

CHRISTINE.

> Lui...

CLAIRET.

> Ne l'accusez pas.

(A part.)
Il ne faut pas qu'il puisse échapper au trépas.

SCÈNE XII.

SIMON, entrant comme un fou, SUÉNON, le suivant, CHRISTINE,
CLAIRET, QUELQUES GARDES.

SIMON, dans la coulisse.

Monsieur Clairet, Monsieur!...

CLAIRET.

> Quel bruit!

CHRISTINE.

> Quelle insolence!

SIMON.

Monsieur Clairet,...

CLAIRET.

> Plus bas!

CHRISTINE.

> Cet homme est en démence!

SIMON.

Votre fille...

CLAIRET.

> Ma fille?...

SIMON.

> On vient de l'enlever.

TOUS.

Dieu!

SIMON.

> Dans tout le château je n'ai pu la trouver,

Et j'ai su que ce soir, à la petite grille,
Deux gardes, un carrosse... et qu'une jeune fille...

SUÉNON.

Les gardes sont absents.

CHRISTINE.

> Dans ce salon, eh quoi!

Qui commande ce soir le service?

SUÉNON.

> C'est moi;

Mais j'engage ma vie à retrouver le lâche...

CHRISTINE.

Veiller était, Monsieur, votre première tâche.

SUÉNON, à la petite porte.

O bonheur! le hasard leur a fait oublier
Cette clef.

CLAIRET, se réveillant soudainement de son accablement et courant vers
la porte.

> Cette clef... ce secret escalier...

CHRISTINE, à part.

Ce secret escalier... je frémis d'épouvante!

CLAIRET, qui s'est approché de Christine avec un regard terrible.

A qui l'ouvrez-vous donc, qu'il veuille une servante?

CHRISTINE.

Clairet, de grâce!..

CLAIRET.

> Eh bien?

CHRISTINE.

> Clairet, parle plus bas.

Que veux-tu?

CLAIRET.

> Moi je veux...

(Bas.)

> Vous rêvez le trépas

De l'auteur d'un écrit qui vous perd... ma vengeance
Pour ma fille n'a pas une moindre exigence.

CHRISTINE.

Tu veux du sang?

CLAIRET.

> Du sang... pour moi comme pour vous.

Frappez, vous dont le rang absoudra tous les coups.

CHRISTINE.

Je sais déjà le nom de l'une des victimes

CLAIRET.

Peut-être bien ce nom doit répondre aux deux crimes.

CHRISTINE.

Les preuves...

CLAIRET.

> A minuit, demain.

CHRISTINE.

> Où donc?

CLAIRET.

> Ici.

CHRISTINE.

Minuit.

CLAIRET.

> Je serai prêt si vous l'êtes aussi.

CHRISTINE.

Ma vengeance attendra jusque-là pour la tienne.

CLAIRET.

Rappelez-vous Magnus avant qu'il s'en souvienne.

CHRISTINE.

A demain!

CLAIRET.

> Oui.

(Christine sort.)

SUÉNON, qui veut sortir par la porte secrète avec les gardes pour chercher
Marianne.

> Venez.

CLAIRET.

> Non, je prendrai ce soin.

(Suénon veut lui donner la clef.)
Gardez la clef, peut-être en aurez-vous besoin.

ACTE DEUXIÈME

Un laboratoire : au fond, un escalier tournant; à droite de l'escalier,
une petite porte masquée; à gauche, sur le côté, une porte basse.
A gauche de l'escalier, assez près du plafond, un soupirail par
où vient le jour, mais qui est très-faible. A droite, et un peu en avant,
une table de marbre en pente et assez basse, avec un drap sur
pied. A gauche, une forge portative éteinte, quelques sièges, une
lampe au plafond. Landini est endormi sur la table. Monaldeschi
entre par la porte cachée, qu'il referme avec soin.

SCÈNE PREMIÈRE.

MONALDESCHI. LANDINI.

MONALDESCHI, des papiers à la main.

Landini... Landini!... paresseux détestable;
Le misérable, il dort... il dort sur cette table
Où cent fois teint de sang, un scalpel dans les mains,
Il dissèque en secret des cadavres humains,
Sans que la peur des morts trouble sa conscience;

Lâche, que rend hardi l'amour de sa science!
M'a-t-il fait cette clef? quel imprudent oubli!
Dans un sommeil de fer il reste enseveli.
Landini!..

LANDINI, *s'éveillant en sursaut.*

Grâce! grâce

MONALDESCHI.

Eh! réponds...

LANDINI, *mal éveillé et avec terreur.*

C'est mon maître...

Ce crime, c'est lui seul qui me l'a fait commettre.

MONALDESCHI.

Misérable!..

LANDINI.

Ah! c'est vous?

MONALDESCHI.

Qu'as-tu dit?

LANDINI.

Ah! mon Dieu,

Je rêvais que Clairet m'accusait en ce lieu.

MONALDESCHI.

Et toi tu m'accusais!..

LANDINI.

C'est un horrible songe.
On n'a pas en revant .'esprit libre au mensonge.
Pardonnez.

MONALDESCHI.

C'est assez... cette clef?

LANDINI, *prend une clef sur la forge et l'ensuie avec soin.*

La voici.

Regardez comme au sel le fer s'est bien noirci.
On ne dirait jamais que c'est une clef neuve.

MONALDESCHI.

C'est bien; l'antre pouvait devenir une preuve.

LANDINI.

Quoi?

MONALDESCHI.

Christine à minuit m'attend secrètement,
Malade tout le jour dans son appartement,
Guise pour son congé sans doute l'aura vue.
Clairet, prêt à partir, a pris son entrevue
Enfin je reste seul.

LANDINI.

La nuit vient, et c'est vous...

MONALDESCHI.

Oui, toute ma fortune est en ce rendez-vous ;
Et j'allais le manquer pour une clef perdue,
Quand cette clef, sans doute à Christine rendue,
Lui prouve clairement qu'on a dû s'en servir
Pour enlever Marianne.

LANDINI.

Elle est belle à ravir,
Mais c'est risquer beaucoup pour passer un caprice.

MONALDESCHI.

Oui, maudit soit ce jour s'il faut que je périsse!
Car c'est perdre la vie à l'heure du bonheur;
A peine elle a seize ans!

LANDINI.

C'est ce qui, Monseigneur,
Vous fait trop oublier quel danger vous menace.

MONALDESCHI.

Le danger, c'est le fuir qu'y montrer tant d'audace.
J'ai mis la reine au point qu'il lui faut décider
De renoncer au trône ou de me l'accorder.

LANDINI.

Le but est excellent; mais la route l'est-elle?

MONALDESCHI.

Dans son appartement, vois, Christine m'appelle;
L'écrit a frappé juste. Elle a déjà quitté
Gènes, Rome, où le peuple, en secret excité,
De quolibets grossiers poursuivait sa conduite.
Par Cromwell sèchement d'Angleterre éconduite,
Elle est venue en France, où, dès le premier jour,
Un accueil glacial l'éloigna de la cour.
Au blâme, qui partout la poursuit et la juge,
Le mariage enfin devient son seul refuge,
Surtout grâce à l'écrit dont j'ai su la frapper,
En remontant au trône y veut-elle échapper?
Mazarin dans ce but lui prêtera son aide,
Mais Mazarin par moi veut régner en Suède.
Point d'hymen, point de trône.

LANDINI.

Elle vous fera roi;

Mais Marianne, à quoi bon l'enlever... vous?

MONALDESCHI.

A quoi?

Pour écarter Clairet : cet hymen qu'il condamne
Le perd; mais maintenant qu'il court après Marianne,
Mazarin à Paris la lui fera chercher
Assez longtemps.

LANDINI.

Là-haut n'entends-je pas marcher?
Est-ce Marianne?

MONALDESCHI.

Eh! non, car elle est enfermée
Dans mon oratoire.

LANDINI, *montant à demi l'escalier.*

Ah! c'est une troupe armée...
Des soldats... Micheli les mène par ici.

SCÈNE II.

CHARNACE, MONALDESCHI, LANDINI, MICHELI.

MONALDESCHI.

Des soldats...

MICHELI, *du haut de l'escalier.*

Vous vouliez Monseigneur? Le voici.

MONALDESCHI.

Charnacé !

CHARNACE, *très pendant toute cette scène. — Du bas de l'escalier.*

Que la porte en haut soit occupée,
Ou je vous fais goûter du plat de mon épée.

(*Il s'approche.*)

Il est pour les buveurs un dieu qui les conduit
Je vous cherchais tous deux dans ce joli réduit

MONALDESCHI.

Nous?..

CHARNACE.

Oui, vous, pour mon compte.

LANDINI.

Et moi?

CHARNACE.

Toi, pour l'app

Maraud, que chez la reine il faut vite te rendre.

LANDINI.

Moi?

CHARNACE.

Toi, je t'ai d'abord reconnu sur l'honneur,
Le lieu, l'habit, et puis cet air d'empoisonneur.

LANDINI.

Mais, Monsieur...

CHARNACE.

Ta magie au moins est-elle bonne?
J'en veux faire juger nos bonnets en Sorbonne;
Ils ont goût aux sorciers, et pour nous régaler!
Ils sont assez galants pour te faire brûler;
Je suis homme à manquer pour toi la comédie,
Et ta danse aux fagots sera fort applaudie.

MONALDESCHI, *avec impatience.*

Baron, vous me cherchiez?

CHARNACE.

Oui, certes.

MONALDESCHI.

Dans quel

CHARNACE.

Le voici.

(*Il prend Landini au collet et le pousse au fond du théâtre.*)

Reste-là, bâtard de Belzébut!
Et sois sourd, ou j'irai te couper les oreilles,
Et tu ne pourrais guère en ravoir de pareilles.

MONALDESCHI, *avec plus d'impatience.*

Baron, je vous attends.

CHARNACE.

Je viens... voici le fait.
D'abord la reine a tort de crier au forfait...

(*Mouvement de surprise de Monaldeschi.*)

LANDINI, *au fond, qui écoute.*

O ciel!

CHARNACE.

(*A Landini.*)   (*A Monaldeschi.*)
Qu'est-ce que c'est?.. Moi, d'abord, je vo   ue,
Parce que c'est très-bien, et j'aurais fai de même.

MONALDESCHI.

Baron, qu'ai-je donc fait qui puisse me valoir

Un suffrage si cher?

CHARNACÉ.
Là! peut-on en vouloir
A quelqu'un de trouver une fille jolie?

MONALDESCHI.
Baron...

LANDINI, toujours dans le fond.
Je suis pendu!

CHARNACÉ, à Landini.
Plaît-il?.

LANDINI, dans le fond, à part.
Quelle folie!
Nous sommes pris.

CHARNACÉ, allant à lui.
Tais-toi.

LANDINI.
Mon Dieu!

CHARNACÉ, tirant sa dague.
Ta tairas-tu?
Car ton chapeau fût-il mille fois plus pointu,
La dague que voici l'est encor davantage.

MONALDESCHI.
(à Landini.)   (à Charnacé.)
Silence... Eh bien, baron?..

CHARNACÉ, revenant.
Comme j'ai l'avantage
De savoir ce château sur le bout de mon doigt,
Et que Guise à la reine a parlé comme il doit...

MONALDESCHI.
Le duc est donc resté, baron?

CHARNACÉ.
Eh! oui, sans doute.

MONALDESCHI.
Mais ce soir pour Paris il doit se mettre en route.

CHARNACÉ.
Non, car j'en ai reçu là-haut cet ordre écrit.

MONALDESCHI.
Quoi! vous! et qu'est-ce donc que cet ordre prescrit?

CHARNACÉ.
(à Landini.)
Ferme les yeux, coquin.
(à Monaldeschi, en lui passant le papier, tandis qu'il regarde Landini.)
Lisez sans qu'il le voie.
(à Landini.)
Sois aveugle, ou, vrai Dieu, d'ici je te renvoie
Dans l'enfer, d'où jamais tu n'aurais dû sortir.
(Monaldeschi lit. Jeu de scène entre Landini et Charnacé pendant ce temps.)
« Le baron de Charnacé prendra sur-le-champ le comman-
dement du château de Fontainebleau, et placera des senti-
nelles à toutes les portes extérieures, et jusqu'à nouvel ordre
on ne laissera sortir personne sans un laisser-passer de la reine.
« Par ordre de la reine,
« DUC DE GUISE. »

MONALDESCHI, reculant vers Landini, tandis que Charnacé redescend le théâtre.
Elle sait tout.

CHARNACÉ.
J'ai cru devoir vous avertir.

MONALDESCHI, à demi voix, à Landini.
Tu m'as trahi; c'est toi...

CHARNACÉ, riant.
Lui... cette vieille face?

MONALDESCHI, avec humeur.
Baron...

CHARNACÉ, riant.
Ah! j'en mourrai.

MONALDESCHI.
Mais...

CHARNACÉ.
Croyez-vous qu'il fasse
Bon effet à genoux disant son madrigal?

MONALDESCHI.
Laissez cet homme.

CHARNACÉ.
Oh! non, ça ne m'est plus égal;
J'ai cru que cet enfant, qu'en bon goût on renomme,
S'était fait enlever par quelque gentilhomme,
Et j'aurais essayé de le sauver.

LANDINI.
Voilà.

CHARNACÉ.
Mais puisque c'est ce drôle...

MONALDESCHI.
Eh! baron, est-ce là
Un séducteur? Sachons plutôt qui l'on soupçonne.

CHARNACÉ.
Tout le monde, à peu près.

MONALDESCHI.
Par conséquent, personne.
Pourquoi donc est-ce à moi que vous vous adressez?

CHARNACÉ.
Peut-être au ravisseur vous vous intéressez,
Car tous les gens d'ici sont vos compatriotes;
Et je croirais manquer aux bons soins de mes hôtes,
Et surtout aux bons vins qu'ils m'ont fait essayer,
Si je ne tentais pas tout pour les en payer.

MONALDESCHI.
Eh! comment les servir?

CHARNACÉ.
Moi, le diable m'emporte!
Ce caveau sur le bois doit avoir une porte!
Du château lentement je vais faire le tour.
Je ne mets pas de garde au pied de cette tour.

MONALDESCHI.
Sans doute, c'est fort bien.

CHARNACÉ.
Cela veut dire une heure.
(à part.)
La nuit vient... D'ici là qu'il s'en aille ou demeure,
Je m'en lave les mains.

LANDINI, bas, à part.
Nous en profiterons.

CHARNACÉ.
(au marquis.)   (à Landini.)
Adieu, marquis!... Adieu, chien, nous l'y reprendrons.
(Au marquis, en sortant, et du milieu de l'escalier.)
J'aurais été charmé de voir pendre ce drôle;
(à Landini.)
Mais le fagot nous reste, et je t'y garde un rôle.

SCÈNE III.

LANDINI, MONALDESCHI.

LANDINI.
Sur mon cou de la corde il a passé le bout.
Je ne l'oublierai pas.

MONALDESCHI.
Les soupçons sont debout;
Ils courent; Landini, détournons-en la trace.
Quoique de Mérula le départ m'embarrasse,
Je suis sûr...

LANDINI.
Mais comment?

MONALDESCHI, se parlant à lui-même.
Ah! pourquoi dans mon cœur
Marianne, ton amour n'est-il pas tout vainqueur!
Je pourrais être heureux... et peut-être je cède
A quelque autre moins fou le trône de Suède.
Enfin, mon choix n'a plus longtemps à balancer;
Suivons donc ma fortune où j'osai la lancer;
Et, selon l'avenir, sachons, quoi qu'il arrive,
Atteindre après l'orage ou l'une ou l'autre rive:
Le trône avec Christine... avec toi le bonheur,
J'y puis périr aussi... Landini!

LANDINI.
Monseigneur?

MONALDESCHI.
Au vu de tous mes gens sors du laboratoire;
Ferme-en l'escalier; va dans mon oratoire
Par les appartements, puis reviens en ce lieu
Par le couloir secret que cache mon prie-Dieu.
Amène ici Marianne.

LANDINI.
Il suffit.
(Il sort par la porte dérobée du fond.)

SCÈNE IV.

MONALDESCHI, seul.
O fortune!
Fallait-il, saisissant toute chance opportune,
Subir de tes faveurs l'implacable désir;
Me vendre tout entier au soin de te saisir;
User, sans autre amour, autre idée, autre envie,
Chaque jour, chaque nuit de dix ans de ma vie;
Atteindre enfin le but, et, presque triomphant,
M'arrêter pour répondre aux regards d'un enfant!

Oh! Marianne! Marianne!

(Il prend des papiers qu'il a déposés sur une table.)

Au moins de la prudence.

(Il lève un panneau du parquet, il en tire une boîte de fer garnie en or.

Après avoir levé un ressort.)

Mettons là ces papiers, cette correspondance;
Et si, comme il le doit, Marin est discret,
Ceci de nos projets assure le secret
Contre toute recherche.

(Il met les papiers dans la boîte, et en tire un écrin, qu'il considère avec attention.)

Avec le prix immense
De tous ces diamants, fruit d'un jour de démence
Où j'osai de l'honneur briser le dernier frein,
J'achèterais les fiefs d'un prince souverain!
Le plus riche seigneur de toute l'Italie;
Marianne, mon épouse; oui, ma vie embellie
Par Marianne, et bientôt avec elle, avec moi,
Des enfants qu'attendrait l'héritage d'un roi!
D'un roi! j'aurais de l'or, de l'or au lieu d'un trône.
Non, non, vous brillerez autour d'une couronne.
Colifichets de roi, vous parerez mon front;
Votre éclat souverain en masquera l'affront.
On vient.

(Il jette les diamants dans la boîte, la referme et remet tout à sa place.)

SCÈNE V.

MONALDESCHI, MARIANNE, LANDINI.

LANDINI, *conduisant Marianne doucement par la main.*

Descendez là, n'ayez aucune crainte.

Venez.

MONALDESCHI.

Que de douleur sur ses traits est empreinte!

(Il s'approche, prend la main de Marianne, et dit vite et bas à Landini.)

Toi, reprends ce chemin et cours à ton devoir;
Reviens me dire ici ce que tu pourras voir.

(Landini sort par la porte dérobée, qu'il ferme.)

SCÈNE VI.

MARIANNE, MONALDESCHI.

MONALDESCHI.

Marianne!

MARIANNE, *dégageant sa main.*

Hélas!

MONALDESCHI.

Eh quoi! Marianne me repousse!
Ne cache pas ton front, où ta grâce est séducte;
Jadis, hier encor, tu l'as dit, tu m'aimais...
Tu pleures maintenant?

MARIANNE.

Maintenant ou jamais
Je dois pleurer... Faut-il, pour pleurer, que j'attende
Que mon père expiré dans la tombe descende,
Et ne doit-on des pleurs qu'à la perte des jours?

MONALDESCHI.

Quoi! Marianne me hait!

MARIANNE.

Non, je t'aime toujours.
Voilà ce qui me rend comme toi criminelle.

MONALDESCHI.

Mais bientôt les liens d'une chaîne éternelle
Te rendront innocente.

MARIANNE.

Un hymen entre nous?
Hier j'ai pu le croire, hélas!

MONALDESCHI.

A tes genoux
Hier je l'ai juré... je te le jure encore.

MARIANNE.

Oh! détourne tes yeux, ton regard me dévore.
Ne brûle pas mes mains de tes baisers de feu.

MONALDESCHI.

Ange, de mon pardon j'attends encor l'aveu.

MARIANNE.

Ah! tais-toi; car mon âme, où le remords s'oublie,
Au gré de tes accents se console et se plie,
Ou tu me l'as montré j'ai cherché le bonheur;
Ah! que ne m'as-tu dit qu'il était dans l'honneur!

MONALDESCHI.

Il est à t'adorer, et surtout à te plaire.

MARIANNE.

Monaldeschi, sais-tu quel sera mon salaire,

Quel bonheur maintenant il m'est permis d'avoir?
Après mon déshonneur, après le désespoir
Qui tuera mon vieux père et m'en fera maudire,
Viendra ton abandon.

MONALDESCHI.

Ange, qu'oses-tu dire?

MARIANNE.

Oui, oui... ton abandon, qui me fera mourir.

MONALDESCHI.

Tu connais donc le mal qui fait le plus souffrir;
Tu sais de nos douleurs cette douleur extrême,
D'aimer et de se voir moins aimé que l'on n'aime?
Ne souffrirais-tu pas si je doutais de toi?

MARIANNE.

De moi?

MONALDESCHI.

Crains-tu toujours?

MARIANNE.

Non, mais reste avec moi;
Viens, ne me laisse pas seule en proie à moi-même.
En vain je m'encourage en me disant : Il m'aime;
Je ne sais quel soupçon, quel effroi, quel remord,
Tant d'exemples d'amour, d'abandon et de mort,
Tant de crimes, et puis mon père et ses alarmes,
Lu père en cheveux blancs et seul avec ses larmes;
Tout cela dans mon cœur tonne mille poignards.
Mais ici tout se perd dans un de tes regards,
Tout remords est éteint, toute crainte est absente;
Je t'aime, je te vois, je me sens innocente.

MONALDESCHI.

Tu fuirais donc ta France et ton père aujourd'hui?

MARIANNE.

J'ai mis plus que l'exil entre sa fille et lui.

MONALDESCHI.

Tu me suivras partout, quelque chose qu'il faille?

MARIANNE.

Si je ne te suis pas, où veux-tu donc que j'aille?

MONALDESCHI.

Que le ciel donc me serve ou m'écrase à présent!
Dieu saint! je n'aurais pas une goutte de sang
Digne de faire battre un cœur de gentilhomme,
Si pour des titres vains où sa faveur me nomme,
Pour ceux où l'avenir mêle celui de roi,
Je balançais encore entre Christine et toi.

MARIANNE.

Christine... qu'as-tu dit?

MONALDESCHI.

Oui, sa fierté jalouse...

MARIANNE.

Jalouse, et de quoi donc?

MONALDESCHI.

Tu seras mon épouse;
Cela doit être, ou bien je laisse à l'avenir
Le nom d'un lâche.

MARIANNE.

O ciel! j'entends quelqu'un venir.

MONALDESCHI.

Demeure et ne crains rien, car mon nom te protège.

SCÈNE VII.

MARIANNE, MONALDESCHI, LANDINI, *pâle, abattu et profondément préoccupé; il descend l'escalier.*

MONALDESCHI.

Landini, quoi de neuf? parle.

LANDINI.

Que vous dirai-je?
Rien, s'il faut se fier au dehors des discours;
Beaucoup, si je sais bien juger le train des cours;
Beaucoup trop en effet, si ma mémoire est bonne.

MARIANNE.

Mon père?

LANDINI, *retombant dans ses réflexions.*

Il est parti. Quoi! la même personne
Qui semble ne pouvoir jamais se maîtriser,
Se déguise à ce point!

MONALDESCHI.

En quoi se déguiser?

Parles-tu de Christine?

LANDINI.

Oui, Monseigneur; la reine,
Ses femmes étaient là, souriante et sereine,
M'a dit qu'elle venait travailler avec moi

Ce soir.

MONALDESCHI.

Pour te troubler jusqu'à ce point, en quoi
Cet ordre est-il étrange? elle chérit l'étude;
Tu l'as reçu cent fois.

LANDINI.

Oui, j'en ai l'habitude.
Cent fois je l'ai reçu; mais une seule fois
Avant ce jour, avec ce geste et cette voix.

MONALDESCHI.

Et quel fut donc ce jour de sinistre présage?

LANDINI.

Oui, c'était bien cet air, ce geste, ce visage,
La veille de ce jour où Magnus...

MONALDESCHI.

Malheureux!
C'est un affreux soupçon.

LANDINI.

Ce fut un crime affreux.
Je connais les poisons, et l'heure et la minute
De leurs effets; j'ai vu, lorsque l'homme dispute
Sa vie aux sûrs progrès de leurs feux dévorants,
Se tordre et se roidir ses membres expirants.
Mais empêche le ciel que jamais je revive
Un jeune homme mourant parmi des cris de joie,
Surpris par le poison dans les plaisirs d'un bal!
Poison sûr et sans trace, et qui, doux et fatal,
Endort notre raison dans l'erreur d'un beau songe,
Et pare d'avenir la mort où l'on se plonge.
Christina vient pourtant.

MONALDESCHI.

Rappelle ta raison.

LANDINI.

Ne craignez rien. Je sais où cacher le poison.
Le voilà.

(Il va pour le prendre sur la table.)

MONALDESCHI, l'arrêtant.

Laisse là tes souvenirs horribles.

LANDINI.

Ah! pardon... j'ai passé des moments si terribles!
Eh bien?

MONALDESCHI.

Nous nous perdons par le moindre retard.

LANDINI.

Qu'avez-vous décidé?

MONALDESCHI.

Tu le sauras plus tard.
Veille sur l'escalier, de peur qu'on nous surprenne;
Va!

(Landini va sur l'escalier, et s'arrête en haut. — A Marianne.)

Marianne, il faut fuir les regards de la reine.

MARIANNE.

Je suis prête à te suivre.

MONALDESCHI.

Oui, mais il faut partir,
Tandis que du château l'on peut encor sortir.

MARIANNE.

Eh bien, partons!

MONALDESCHI.

Marianne, arme-toi de courage,
Il faudrait partir seule!

MARIANNE, avec un cri.

Ah!

MONALDESCHI.

Cet effroi m'outrage.
Marianne, que crains-tu?

MARIANNE.

Moi... moi... je ne crains rien.
Je l'avais deviné, je te le disais bien.

MONALDESCHI.

Ah! c'est trop me punir! car tu viens de m'apprendre
Que l'amour le plus vrai se fait le moins comprendre.
Si près de ce bonheur de ne plus séparer
Tous nos jours... plus je mets de soins à l'assurer,
Plus on m'accuse.

MARIANNE.

Épargne un effroi qui m'opprime.
Ah! dès qu'on est coupable, on voit partout un crime.

MONALDESCHI.

Il est à Saint-Aubin un ermite ignoré,
Oui, loin de son couvent, y vit seul retiré;
Mon nom te suffira pour t'ouvrir sa demeure,
Et pour y parvenir il faut à peine une heure.
De l'ermitage ici connais le chemin,
Vas-y; je t'y joindrai dès ce soir, et demain,

Quand j'aurai disposé mes trésors et ma fuite
Contre tous les dangers d'une longue poursuite,
Nous fuirons, nous irons dans mon noble pays,
Heureux ensemble.

MARIANNE.

Ensemble!

MONALDESCHI.

A jamais.

MARIANNE.

J'obéis;
Mais pense que pour moi ta présence est la vie.

MONALDESCHI.

Je serais infidèle au seul bien que j'envie,
En tardant un instant.

(Ils marchent vers la porte de gauche, lorsqu'on entend frapper.)

(A travers la porte.)

Arrête, qui va là?

MERULA, en dehors.

Ouvrez.

MONALDESCHI, à Landini, qui descend.

Silence!

MARIANNE.

O ciel!

MERULA, en dehors.

Ouvrez!

LANDINI, qui s'est rapproché pour écouter.

C'est Mérula!

MONALDESCHI.

Mérula... vite, ouvrons.

SCÈNE VIII.

MARIANNE, MONALDESCHI, MERULA, en habit d'ermite.

(Landini remonte l'escalier, après un ou deux vers, sur un geste de Monaldeschi.)

MONALDESCHI, à Mérula.

C'est le ciel qui t'envoie.

MERULA.

Oui, le ciel; c'est bien dit, car je suis dans sa voie.

MONALDESCHI.

Quel est donc cet habit?

MERULA.

Hier c'était celui
De l'ermite, et, vrai Dieu! c'est le mien aujourd'hui.

MONALDESCHI.

L'aurais-tu maltraité?

MERULA.

Monseigneur, je suppose
Que je connais mes gens; mais de peur qu'il ne cause,
Deux ou trois nœuds...

MONALDESCHI.

Quoi?

MERULA.

Mais un soin plus important
M'amène; savez-vous quel danger vous attend?
Clairet...

MARIANNE.

Mon père!

MONALDESCHI.

Eh bien?

MERULA.

A trouvé notre trace.

MARIANNE, se précipitant vers la porte.

Ah! sauvez-moi, fuyons, je n'aurai point de grâce.
Il me tuerait ici; fuyons.

MERULA.

Ne sortez pas,
Car c'est par là qu'il vient ici.

MARIANNE, revenant lentement.

Que mon trépas
Serve donc, ô mon Dieu, pour expier ma faute!

MONALDESCHI.

Songe au temps précieux que ta douleur nous ôte;
Calme-toi... viens, Marianne.

MARIANNE.

Hélas!

MONALDESCHI, à Mérula.

Achève enfin.

MERULA.

Quand on paie un mensonge, on croit être bien fin;
Mais des meilleurs calculs le moindre esprit se joue.
Avons-nous fait mentir la trace de la roue?

MONALDESCHI.
Mais cet homme posté pour détourner...

MÉRULA.
                    A pris
Deux ou trois sots valets qui courent vers Paris;
Il ne s'agissait pas pour ceux-là de leur fille,
Mais Clairet, à pied, seul, est parti de la grille;
Et, l'œil avec fureur sur la terre attaché,
Sur la trace récente il a toujours marché.
Nous croyions tout prévu; car, loin des routes vraies,
Nous avions traversé des taillis et des haies,
Quitté, repris le bois et fait mille détours;
Acharné sur la trace, il a marché toujours.

MONALDESCHI.
Il vient?

MARIANNE.
    Il vient ici?

MÉRULA.
            C'est l'enfer qui le mène.
Il donne à ce vieillard sa force plus qu'humaine;
Car certe aucun de nous ne pourrait achever
Cette route.

MARIANNE.
    En quel lieu va-t-il me retrouver!

MÉRULA.
Eh! mais il ne faut pas ici qu'il vous retrouve.

MONALDESCHI.
Viens donc, mettons un terme à l'état que j'éprouve.
(Il tire son épée et prend Marianne par la main. — A Mérula.)
Suis-moi, prends ton poignard... sortons.

MARIANNE.
                    Ah! laissez-moi,
J'aime mieux qu'il me tue.

MÉRULA.
        Arrêtez.

MONALDESCHI.
                Sauve-toi.
Ton père vient.

MARIANNE.
        Il vient, et ton épée est nue;
Serais-je au parricide aussitôt parvenue?

MONALDESCHI.
Viens.

MARIANNE.
    Jamais!

MÉRULA.
        Arrêtez! Dans votre appartement
Pouvez-vous la cacher une heure seulement?

MONALDESCHI.
Je l'espère.

MÉRULA.
    Allez donc, et je réponds du reste.
J'irai seul au-devant de Clairet.

MARIANNE, s'élançant vers lui.
                Jour funeste!
Tu ne sortiras pas.

MÉRULA.
        Retenez cette enfant.

MARIANNE.
Monaldeschi!

MONALDESCHI, à Mérula.
        Reviens.

MÉRULA.
            Monseigneur le défend.
Que Dieu la sauve donc!

MONALDESCHI.
            Malheur!

LANDINI, descendant précipitamment.
                J'entends la reine.

TOUS.
Dieu!

LANDINI, bas, à Mérula.
    Nous sommes pendus, pour peu que l'on nous prenne.

MÉRULA, s'enveloppant de son capuchon.
On ne pend pas les gens qui portent mon habit.

MARIANNE, se pressant près de Monaldeschi.
C'en est fait!

MONALDESCHI.
    C'est la mort.

MÉRULA, vivement.
            A ce moyen subit
Voulez-vous vous fier?

MONALDESCHI.
            Parle.

MÉRULA.
Ce lieu m'inspire.

MONALDESCHI.
Parle donc!

MÉRULA, à Marianne en la conduisant vers la table de marbre.
Jeune fille...

MONALDESCHI.
        A peine elle respire.

MÉRULA.
Asseyez-vous là.

MARIANNE.
        Là?

MÉRULA.
        Couchez-vous doucement.

MARIANNE, se plaçant sur la table.
Ah! mon Dieu!

MONALDESCHI.
        Que fais-tu?

MÉRULA, la recouvrant du drap qui est au pied de la table.
                Restez sans mouvement!
(A Monaldeschi.)
Allez jusqu'à la porte, et recevez Christine.
(A Landini.)
Et toi, tremble en dedans.

LANDINI.
            Suffit.

MÉRULA, se mettant à genoux.
                Bonté divine!
Des moines que jadis j'arrêtais sur les monts
Pour rançon bien souvent j'ai reçu des sermons;
Rappelle-moi, grand Dieu, leurs saintes patenôtres.

LANDINI.
Jouer un rôle saint!

MÉRULA.
J'en ai joué bien d'autres.

SCÈNE IX.

MARIANNE, couchée sur la table de marbre; MÉRULA, en prières à côté d'elle. MONALDESCHI, CHRISTINE, LANDINI, à côté de la table qui est à gauche.

CHRISTINE, au bas de l'escalier.
Quoi! vous ici, marquis?

MONALDESCHI.
            Vous vous en étonnez?

CHRISTINE, s'avançant.
Les ordres que ce soir à Monsieur j'ai donnés
Ne vous regardaient pas.

MONALDESCHI.
            J'apprends votre visite
A l'instant, de hasard, et je me félicite
Du bonheur qu'il me vaut.

CHRISTINE.
            Ah! vous êtes heureux.
(A part.)
Le crime est donc tranquille, et son espoir affreux
C'est mourir, que subir son attente fatale.
(Elle marche vers Mérula, qui se lève et se place devant elle.)

MÉRULA.
Dans le palais des rois, c'est un affreux scandale.

CHRISTINE.
Que fait cet homme ici? que veut-il? et pourquoi,
Sous ce voile...

MÉRULA.
        Christine est-elle devant moi?

CHRISTINE.
Christine... Oui, je suis... ou plutôt je fus reine.

MÉRULA.
Ma fille, permettez qu'un vieillard vous reprenne.
On outrage en ce lieu le Ciel à tout moment.

CHRISTINE.
Dieu seul juge les rois... vienne son jugement,
Je l'attends.

MÉRULA.
    Vous avez des serviteurs infâmes.

CHRISTINE.
Je ne me charge pas du salut de leurs âmes.

MÉRULA.
L'un d'eux ose surtout, par un art de l'enfer,
Troubler la paix des morts, interroger la chair,
Et souiller ce palais de pratiques impies.

CHRISTINE, avec impatience.
Landini, c'est ton crime, il faut que tu l'expies.
Écoute ce sermon.

MÉRULA.
        Non... non, ce réprouvé

M'a refusé ce corps à l'église enlevé,
Pour en faire à Satan une offrande profane.
CHRISTINE.
Ne craignez pas que Dieu pour cela le condamne.
BERULA.
Alors donc, par ses mains c'est vous qui l'outragez.
CHRISTINE.
Mon père, allez ailleurs porter vos préjugés.
MONALDESCHI, doucement.
Pourquoi un pas céder aux vœux de cet ermite?
CHRISTINE, avec incertitude.
Vous me parlez, Monsieur, vous me parlez?
MONALDESCHI.
J'irrite

Votre courroux?
CHRISTINE.
Non... non, vous disiez...
MONALDESCHI.
Je pensais
Que c'est pour ce vieillard un important succès,
Et que, quoiqu'à ses vœux toute raison s'oppose,
Pour ce qu'il en attend c'est céder peu de chose.
CHRISTINE, vivement et l'entraînant près de la table.
Peu de chose, marquis?.. Certes, ce corps glacé,
Où le cœur ne bat plus, ou la vie a cessé,
Où rien ne reste, enfin, de ce qui fut une âme,
Ce corps froid et flétri que la terre réclame,
Dont l'aspect pèse au cœur et dégoûte les yeux,
Certes, c'est peu de chose, et pourtant il vaut mieux
Que tel homme, vivant d'une coupable vie,
t'ensant, mais dans une âme à tout vice asservie,
Lâche sous sa noblesse et vil sous sa beauté;
Qu'un seul cœur qui bat n'a plus de loyauté,
Et qui souille à ce point son existence infâme
De vendre les secrets qui perdent une femme.
MONALDESCHI, à voix basse.
Je ne suis pas ici le seul qui vous entends,
Prenez garde.
CHRISTINE.
Eh! pourquoi? Dites, depuis quel temps
Dois-je à mes serviteurs apprendre en confidence
Que je sais châtier l'insulte et l'impudence?
MONALDESCHI, à voix basse.
Des serviteurs; alors je ne crains rien pour moi.
CHRISTINE.
Tous sont mes serviteurs qui vivent sous ma loi.
MONALDESCHI, à voix basse.
Et voilà cependant le sort qu'on me prépare
Quand dans un lâche amour la vanité s'égare.
CHRISTINE.
Oui, marquis, cet amour est une lâcheté,
Qui du rang où l'on est souille la dignité.
MONALDESCHI, à voix basse.
Quand on craint de son rang la dignité blessée,
On ne sait pas qu'ailleurs elle est plus haut placée.
Oui, oui, celui-là seul s'est vraiment oublié,
Serviteur favori dont l'amour est lié
Par d'autres soins que ceux que l'amour seul ordonne,
Qui pour des torts d'emploi trouve un cœur qui pardonne,
Mais qui pour son amour, ou rien n'est de moitié,
Sur le pied de valet peut être châtié.
CHRISTINE.
Et s'il a lâchement mérité sa disgrâce?
MONALDESCHI, à voix basse.
Sa disgrâce? En effet, le mot est à sa place,
Et quelque affreux qu'il soit, il dit tout mon malheur.
J'ai donc mon rang à perdre, et non pas votre cœur.
Ah! vienne ma maîtresse injuste et mon égale,
Sur un mot, un soupçon, sur une erreur fatale,
M'accuser sans raison, me frapper sans remord,
J'aimerai cet amour qui s'arroge ma mort;
Mais j'aurai ma disgrâce... Oh! royale indulgence!
Oui, malheur à l'amant, indigne de vengeance,
A qui l'orgueil mesure un juste châtiment!
CHRISTINE.
Ou mon orgueil nourrit un grand ressentiment,
Ou je vous aime plus que votre cœur l'espère.
MONALDESCHI, élevant la voix.
Voilà donc où tendait cette fière colère.
Christine veut ma mort.
CHRISTINE.
Marquis...
MONALDESCHI.
Vous la voulez,

Madame.
CHRISTINE.
Prenez garde au ton dont vous parlez;
Vous oubliez ainsi que l'on peut vous entendre.
MONALDESCHI.
Pourquoi taire l'honneur qu'il vous en faut prétendre?
Christine veut ma mort, et je ne pense pas
Qu'elle ait traîtreusement arrangé mon trépas.
Le monde doit savoir sa royale sentence.
CHRISTINE, bas.
Malheur, malheur à toi pour ta folle jactance;
Tu seras donc jugé, puisque tu l'as voulu!
MONALDESCHI.
Peut-être... Où sont vos droits?
CHRISTINE.
Mon pouvoir absolu.
MONALDESCHI.
Vos juges?
CHRISTINE.
J'en ferai.
MONALDESCHI.
Vos preuves?
CHRISTINE.
J'en espère.
(A Berula.)
Il n'y manquera rien; vous resterez, mon père.
(A Monaldeschi.)
Tout sera juste, grâce à ton zèle infini;
Tu pourras le défendre, et tu seras puni.
MONALDESCHI.
Eh bien! j'accepte donc vos juges, votre prêtre,
Vos bourreaux, mon arrêt... je l'accepte, et peut-être
Christine me dira quel crime j'ai commis.
CHRISTINE.
Quel crime!
MONALDESCHI.
Est-ce son nom que moi j'ai compromis?
CHRISTINE.
Tais-toi, traître!
MONALDESCHI.
A quoi donc? est-ce aux lois du royaume?
CHRISTINE.
Tu perds...
MONALDESCHI.
Perdrai-je donc plus que les jours d'un homme?
Même à minuit...
CHRISTINE.
Tais-toi, tais-toi donc, malheureux;
Ton trépas est certain; il pourrait être affreux!
MONALDESCHI.
Certain... il est certain comme l'obéissance
Que je commande seul, et fut votre puissance.
CHRISTINE.
Si c'est là ton espoir, qu'on décide entre nous.
Viens.
MONALDESCHI.
Je les attendrai,
CHRISTINE.
Viens.
MONALDESCHI.
Que n'y courez-vous?
Christine doit avoir des bourreaux à demeure.
CHRISTINE, tout bas.
Mon père, assistez-le; vous n'avez qu'un quart d'heure.
MONALDESCHI.
Un quart d'heure, c'est trop.
BERULA.
Pas trop pour avoir lui.
(Christine va pour sortir et s'arrête au ... Clairet par la porte du bois, hareine de ...)

SCÈNE X.

LES MÊMES, CLAIRET.

TOUS.
Mort!
MONALDESCHI.
Malheur!
CHRISTINE, rentrant rapidement.
C'est Clairet et ton crime avec lui.
(Berula se jette avec Landina ... à la table où est Marianne, tire son poignard et en appuie la manche sur elle.)
CLAIRET, entrant ... et en désordre, un bâton à la main.
Elle est ici!

CHRISTINE.

Clairet !..

CLAIRET.

Elle est ici !

CHRISTINE.

La preuve !

La preuve du forfait ! Réponds.

MONALDESCHI.

Horrible épreuve !

CLAIRET.

Ma fille est au château ; vous savez d'où j'attends
Ma vengeance...

CHRISTINE.

Eh bien donc ! tu l'attendras longtemps
Si la mienne à l'instant ne m'est pas assurée

CLAIRET.

Gardez mieux ce secret.

CHRISTINE.

Garde ta foi jurée.

Parle !

QUOI ! devant lui !

CHRISTINE.

Devant mille témoins.

CLAIRET.

Il sait donc...

CHRISTINE.

Il sait tout, et n'en mourra pas moins.

RONALDESCHI.

Ce n'est plus pour minuit.

CHRISTINE.

C'est pour une heure telle
Qu'elle sera pour toi plus triste et plus mortelle ;
Tes juges m'y viendront épargner un remord,
Et mourant, tu mourras dégradé par ta mort.

MONALDESCHI.

A mon accusateur, je devine mes juges.

CLAIRET.

Monseigneur, je pourrais, par de vains subterfuges,
M'excuser sur ce mot : qu'il me faut obéir ;
Mais je vous tiens trop bien pour vouloir vous trahir.
Vous perdre fut le but de toutes mes pensées.
Jugez-en : lorsque hier mes douleurs insensées
Demandaient à grands cris la mort du ravisseur,
De vous atteindre encor j'espérais la douceur.
Oui, si ma fille à vous s'était prostituée,
De mes mains, à mes yeux, moi, je l'aurais tuée.
Vous m'avez fait vouloir la mort de mon enfant !
Mais un autre forfait, dont rien ne vous défend,
Me laisse au seul malheur de me la voir ravir,
Car pour deux offensés vous n'avez qu'une vie.
Aussi, sans m'enquérir si c'est un autre ou vous,
Du jour que je le puis, je vous porte mes coups
Et vous accuse.

MONALDESCHI.

Moi !

CLAIRET.

Vous, d'un crime, et j'engage
Ma tête à le prouver.

MONALDESCHI.

Jadis, c'était un gage ;
Mais le bon sens, je vois, commence à s'y troubler.

CLAIRET.

Il m'en reste du moins de quoi vous rappeler
Qu'une boîte d'acier ici vous fut vendue ;
Sous des ornements d'or la serrure est perdue.

MONALDESCHI, à part.

O ciel !

CLAIRET.

M'a-t-on trompé quand on m'a fait payer
La mienne cent louis ?

RONALDESCHI.

Me faut-il essayer,
Madame, plus longtemps cet interrogatoire ?

CHRISTINE.

Et cette boîte ?

CLAIRET.

Elle est dans ce laboratoire,
Sous ce parquet, facile à soulever sans bruit ;
Gardant ces diamants que, jusqu'à cette nuit,
Je crus un don de vous.

MONALDESCHI, à part.

Dieu !

BERULA, qui s'est approché, montrant son poignard à voix basse.

Monseigneur !

RONALDESCHI, de même.

Arrête !

Reste.

CLAIRET.

Eh bien ! Monseigneur, ai-je perdu la tête ?
Voulez-vous à l'instant que j'en fasse l'essai ?

CHRISTINE, avec intention, à Clairet.

N'allons pas plus avant après ce que je sai :
C'est pour un jugement, et je veux qu'on en use
De façon qu'on ne puisse y soupçonner de ruse.

(A Monaldeschi.)

C'est devant vos égaux, seigneurs de ma maison,
Qu'on prendra des témoins de votre trahison.

RONALDESCHI, à part.

Je puis compter sur eux.

(haut.)

Vous le voulez, Madame ?
J'accepte donc l'affront de ce procès infâme.

CHRISTINE.

Votre épée.

RONALDESCHI, bas, à Berula.

Et Marianne ?

BERULA, de même.

Il les faut éloigner.

MONALDESCHI, tirant son épée et leur en présentant la pointe.

Vous avez tous les deux voulu m'assassiner ;
Votre vie est à moi.

(Il jette son épée.)

Je suis prêt à vous suivre.

CHRISTINE, à Berula.

Après vous... c'est à Dieu qu'à présent je le livre.

CLAIRET.

Et moi ?

CHRISTINE.

J'approuverai tout ce que tu feras.

CLAIRET.

La mort du ravisseur demain...

CHRISTINE.

Quand tu voudras.

Reste.

(Monaldeschi, Landini et la reine sortent.)

CLAIRET, regardant sortir Monaldeschi.

Elle l'adorait, et c'est moi qui l'écrase.
Et voilà de quels feux une reine s'embrase,
Brisant le vil jouet dont le goût est passé.
C'est elle...

CHRISTINE, rentrant rapidement.

Je l'ai mis aux mains de Charnacé.
Les preuves maintenant... Ah ! je veux voir moi-même !..

CLAIRET, les lui donnant après avoir découvert la boîte d'acier.

Les voici.

CHRISTINE, les considérant.

C'est bien là ce royal diadème
Qu'il osait regarder.

CLAIRET.

On vient... contenez-vous.

(Il remet tout.)

CHRISTINE, à Charnacé qui entre avec des gardes.

Placez là ces soldats.

(Charnacé place des gardes extérieurement à la porte du bois.)

Bien... Tirez ces verrous.

(Charnacé ferme la porte exactement.)

CHARNACÉ.

Mais nous devons encore avoir une autre issue.

(Il montre la porte secrète et place extérieurement sans deux gardes.)

C'est là...

CLAIRET.

Mes yeux jamais ne l'avaient aperçue.
Pourtant j'y vois assez pour me faire haïr.

(Il montre la table.)

Ici...

CHRISTINE, l'entraînant.

Que la mort reste, elle ne peut trahir.

(Ils sortent tous ; on entend fermer la porte avec soin.)

SCÈNE XI.

MARIANNE, se soulevant et regardant avec terreur.

Rien... rien... Ma tête brûle et mon cœur est de glace.
Mon père... Il me cherchait... Ah ! j'étais à ma place,

A la place des morts; pourquoi m'en relever?
C'est pour souffrir... toujours souffrir... sans le sauver,
La mort... toujours la mort, et la preuve fatale
Est là... Dieu de pardon... Christine est ma rivale!
Et mon père... et lui-même... Ah! c'est trop de malheur.
Quels projets... quels discours... quelle âme que la leur!..
J'en ai trop entendu... qu'ils me retrouvent morte...

(avec promptitude.)

Non! non! pour le sauver, c'est toi qui me rends forte,
Mon Dieu; j'ai tant souffert... ma douleur t'a touché,
Et la douleur te plaît comme à nous le péché.
Mon Dieu! je l'aimais tant... je suis si jeune encore!
Ce n'est pas mon salut... c'est le sien que j'implore,
Oui, mon père l'a dit, c'est là

(Elle se met à genoux, et cherche à ouvrir le panneau dans lequel est la boîte.)

Là... Je ne puis.

O mon Dieu! laisse-moi sauver ses jours, et puis
Frappe-moi sans relâche et remplit ta colère.

(Elle s'appuie sur la table et voit le poison que Landial a laissé.)

Sois béni; tu m'entends, j'ai déjà mon salaire,
Ce poison m'appartient... j'attends encor de toi
Les preuves du forfait pour mourir avec moi.

(Elle fait de nouveaux efforts pour découvrir l'endroit où est la boîte.)

ACTE TROISIÈME

Même décoration qu'au premier acte.

SCÈNE PREMIÈRE.

CHRISTINE, assise; FANCHON et SANTINELLI, au fond;
CLAIRET, à la droite de la reine; MERULA, à la gauche.

CHRISTINE, à Merula.

Quoi! de son entretien vous n'avez rien appris?

MERULA.

Rien, Madame.

CHRISTINE, se levant et prenant Merula à part.

Écoutez. Vous savez de quel prix
Je paîrais un aveu qui servît ma colère.

MERULA.

L'Eglise a des secrets qui n'ont point de salaire.

CHRISTINE.

C'est vous défendre mal sur un prétexte vain;
Les rois sont saints comme elle, ils ont leur droit divin,
Qu'il faut sauver de même et qui vous doit absoudre.

MERULA.

Ces raisons à parler auraient pu me résoudre,
Mais le marquis se tait... et maintenant mes vœux
Seront-ils exaucés?

CHRISTINE, se parlant.

Ainsi donc point d'aveux.

(A Merula.)

N'importe! accomplissez votre œuvre méritoire,
Vous pourrez pénétrer dans le laboratoire,
Dès que les officiers nommés à cet effet
Se seront emparés des preuves du forfait.

(Elle se rassied et parle à Clairet.)

MERULA, sur le devant de la scène, à part.

C'est ce qu'il faudrait bien empêcher... Dieu m'écrase
Si j'y parviens pas!

CLAIRET, à demi-voix, à la reine.

Oui, faites table rase.

CHRISTINE, de même.

Tous ces Italiens partiront.

CLAIRET.

Mais d'abord,
Il faudrait les charger du bonheur de sa mort.

CHRISTINE.

Mais l'accepteront-ils?

CLAIRET.

Ils sont, de leur nature,
Gens à tout accepter.

MERULA, qui est resté à réfléchir, à part.

Oui, tentons l'aventure.
Une fois le palais tout sens dessus dessous,
J'entre, tout est au mieux; le marquis est absous,
Et moi, je deviens riche autant qu'homme qui vive.

CLAIRET, à la reine.

Attendrez-vous du roi que la réponse arrive?

CHRISTINE.

Suénon, pour Paris, n'est parti qu'hier soir,
Et jusqu'à son retour je ne veux pas sursoir.

CLAIRET.

Pourquoi donc l'avertir?

CHRISTINE.

Par respect pour moi-même.
Reconnaître ses droits de justice suprême
Partout sur ses sujets, c'est maintenir les miens
En France sur mes gens.

MERULA, à part, montrant son habit.

Dieu doit servir les siens.

Allons...

(A Christine.)

M'est-il permis d'aller attendre l'heure
Où je pourrai rentrer dans ma sainte demeure?

CHRISTINE, le congédiant du geste.

On aura soin de vous avant votre départ.

MERULA, en s'inclinant.

Dieu m'aidant, je serai satisfait de ma part.

(Il sort.)

SCÈNE II.

LES MÊMES, excepté Merula.

CHRISTINE, à Clairet.

Tu veux Santinelli, ce partisan?

CLAIRET.

Cet homme
N'a-t-il pas ses gens?

CHRISTINE.

Oui, mais je pense qu'à Rome
Seulement pour ma garde il se sera loué.

CLAIRET.

A quelques écus d'or s'il n'est pas dévoué,
C'est donc la probité qui chez lui se déguise.

SCÈNE III.

LES MÊMES, SIMON.

SIMON, entrant.

Tous les ordres signés par monseigneur de Guise
Sont remis.

CHRISTINE.

A son nom, n'a-t-on pas murmuré?

SIMON.

J'ai vu les officiers, et tous m'ont assuré
Qu'à la salle du trône ils iraient pour apprendre
Et souscrire à l'arrêt qu'il vous plaira d'y rendre.

CHRISTINE.

Ce sera pour midi.

(A Clairet.)

Toi, tu dois te hâter.

(Elle se lève.)

Écris l'ordre, Simon, que je vais te dicter.

(Simon s'assied et écrit.)

«Toutes les personnes qui habitent le château de Fontainebleau et les bâtiments qui en dépendent, laisseront entrer le capitaine Santinelli dans leurs chambres et logements; elles l'aideront dans la visite qu'il lui plaira d'en faire, quels que soient d'ailleurs leurs charges ou privilèges.»

(A Clairet.)

Ceci doit te suffire.

CLAIRET, tristement.

Oui.

CHRISTINE.

Je signe, et j'espère
Que tu n'oublieras pas ce que doit être un père.

CLAIRET, douloureusement.

Ah! mon heure est passée, à moi de condamner.
Pour un autre que lui je veux lui pardonner.
La haine n'emplit pas si bien cette âme avide
Que ma fille n'y laisse un vaste et sombre vide.

CHRISTINE.

Des pleurs!..

CLAIRET.

Si vous saviez comme on aime un enfant!

CHRISTINE, à part.

Clairet peut les aimer... le tigre les défend.

(A Simon.)

Viens, Simon, sois mon fils, si tu n'es pas mon gendre.

CHRISTINE, remettant l'ordre écrit à Santinelli.

Santinelli, de moi vous pouvez tout attendre

Si vous êtes fidèle.
(Santinelli s'incline — A Clairet.)
Il est faux et subtil,
Prends garde.

CLAIRET.
Il me suffit.

CHRISTINE.
Allez.
(Ils sortent.)
(A Fanchon.)
Quelle heure est-il?

FANCHON.
L'horloge du château vient de sonner huit heures.

CHRISTINE, se parlant.
Quand la France m'ouvrit ces royales demeures,
Je ne m'attendais pas que des nuits sans sommeil,
Là, me verraient du jour attendre le réveil.
(A Fanchon.)
Laissez-moi.

FANCHON.
Seule?

CHRISTINE.
Seule. Il est temps que je prenne
Une heure de repos... faites comme la reine.

SCÈNE IV.
CHRISTINE, seule.

Me voilà seule enfin, et je puis mesurer
Si j'atteins bien le but que je veux m'assurer.
Mon nom est à sa date inscrit dans les histoires,
Mon règne y sera lu compté par des victoires;
Mais le trône défend la vaste ambition
De ne devoir qu'à soi la hauteur d'un grand nom,
Car un nom est facile, aidé d'une couronne.
J'ai fait battre des mains quand j'ai quitté le trône,
Et j'ai su rester grande en dehors des grandeurs.
Les rois m'ont retiré leurs hauts ambassadeurs;
Mais le monde de ceux dont la voix souveraine
Marque leur place aux rois, m'appelle encor sa reine.
J'ai pris la mienne au sein des grands hommes vivants,
Au delà de mon sexe étonné les savants,
Des plus brillants esprits balancé la finesse,
Et nul homme ne vit, que ce monde connaisse,
Qui d'un de mes regards ne se fasse un appui!
Mais ce nom, si j'allais le risquer aujourd'hui!
Que dira l'avenir?... Nous admirons Auguste,
Qui pardonne à Cinna, quoique sa justice est juste.
La sienne est bien plus... Une fois condamné,
Deviendrais-je un héros pour l'avoir pardonné?
Non! je lis l'avenir, et son arrêt infâme,
Ce serait peur, amour, ou faiblesse de femme.
Mon pardon appuirait son livre accusateur,
Non! qu'il meure coupable et calomniateur.
Et pourtant j'en frémis... car à peine j'échappe
Au doute de savoir si c'est moi qui le frappe.
Serait-ce à Suénon que mon cœur obéit?
Son amour que je sers, le mien que tu trahis?
Ah! que Monaldeschi ne m'a-t-il délaissée!
Son abandon discret m'eût à peine offensée;
Un cœur de femme seul n'y voit point de pardon:
Christine est un grand homme, elle venge son nom.
(Elle écoute le bruit d'une clef.)
Mais qu'entends-je, et qui donc peut ouvrir cette porte?

SCÈNE V.
CHRISTINE, SUÉNON, entrant par la porte dérobée, dans le désordre d'un voyageur.

CHRISTINE.
Vous, Suénon, déjà... par ce chemin?

SUÉNON.
J'apporte
La réponse du roi.

CHRISTINE.
Vous?

SUÉNON.
Qui m'eût arrêté?
Il y va de sa gloire et de sa sûreté,
M'a dit Mazarin.

CHRISTINE.
Lui... de moi... quelle insolence!

SUÉNON.
Les heures me pressaient... mais je pars, je m'élance;
Mon cœur battait de feu, l'air me manquait souvent;

Mais les chevaux sous moi volaient comme le vent.
J'arrivais, je venais vous épargner peut-être
Une larme, un ennui.

CHRISTINE.
Donnez donc cette lettre.
(Regardant Suénon.)
En quel état, grand Dieu!

SUÉNON, prenant deux lettres dans sa poche.
Tenez... non, celle-ci
Est pour Guise.

CHRISTINE.
La mienne...

SUÉNON.
Oui... tenez, la voici.

CHRISTINE, après l'avoir décachetée, regarde au bas.
Il l'a bien fait signer par le roi.
(Elle lit.)
Quelle audace!
Défendre ma justice... Insolent!... il menace.

SUÉNON.
Vous!... Qui donc?

CHRISTINE.
Ce ministre et le vrai souverain,
Cet autre Italien, le lâche Mazarin.

SUÉNON.
Et défend-il aussi l'insulte et la vengeance?

CHRISTINE.
Ah! si je me sentais un reste d'indulgence,
Il l'aurait étouffée.

SUÉNON.
Eh bien! livrez-moi donc
Votre justice à faire aujourd'hui comme un don;
Livrez-moi ces marquis, armés comme nous sommes,
Pour un combat loyal entre deux gentilshommes,
Et je jure sa mort aussi sûre bientôt
Que si la main de Dieu l'eût écrite là-haut.

CHRISTINE.
Non, j'ai dicté l'arrêt, il faut qu'il retentisse.
Monaldeschi mourra par un haute justice.
Ce sont mes droits, mon rang, l'état de mon séjour,
C'est le sort de ma vie à fixer en un jour.

SUÉNON.
Placez-les donc si haut qu'on ne les puisse atteindre;
Au trône...

CHRISTINE.
Vain espoir. que ceci doit éteindre!

SUÉNON.
Eh! Madame, appelez vos sujets oubliés;
Leur cœur vous vaudra mieux que tous vos alliés.
Je les crois dévoués, mais nul plus que le vôtre.
Acceptez donc un soin alarmant pour tout autre.
Partez, et répondez à ceux de mes sujets
Qui de me rendre au trône ont conçu les projets,
Qu'au pouvoir que j'ai fait je ne suis point rebelle,
Et que ce n'est pas là que mon destin m'appelle.

SUÉNON.
Et le mien est-il donc de vous fuir?

CHRISTINE.
Suénon!
La Suède avant vous n'a pas de plus grand nom.

SUÉNON.
Qu'importe la Suède, où vous n'êtes point reine!

CHRISTINE.
C'est la patrie encore.

SUÉNON.
Et vous ma souveraine.

CHRISTINE.
Fuyez d'où vous égare un trop vrai dévoûment.

SUÉNON.
Eh! pourquoi l'accepter jusqu'au dernier moment,
Pour m'en faire à jamais un horrible supplice?

CHRISTINE.
Si ce malheur est vrai, j'en étais le complice;
Ne pouvant y répondre il fallait l'arrêter!...
Mais je crus à ce trône où je dus remonter,
Pour offrir en retour à votre âme loyale
Les dons les plus brillants de la faveur royale,
Et s'il faut jusqu'au bout parler de bonne foi,
Pour l'amour qu'il est vrai que vous avez pour moi,
Christine vous gardait tant de gloire en partage,
Que son cœur n'aurait pu vous payer davantage.

SUÉNON.
Le malheur aurait donc marqué partout mes jours!

CHRISTINE.

A ce prix, Suénon...

SUÉNON.

Oui, le malheur toujours,
Toujours, si d'un regard pour moi seul doux et tendre...

CHRISTINE.

Ne m'en dites pas plus que je n'en veux entendre.
Vous partirez.

SUÉNON.

Jamais.

CHRISTINE.

Je le veux.

SUÉNON, avec amertume.

Mon devoir

Est prononcé, je pars...

CHRISTINE.

Mais non sans me revoir.

(Elle écoute avec anxiété.)

Quel bruit!

SUÉNON.

N'exigez pas ce courage impossible.
Si vous saviez mes maux!

CHRISTINE.

Que n'y suis-je insensible!

SUÉNON, avec amour.

Christine!

(Le bruit augmente.)

CHRISTINE, écoutant.

Ah! qu'on vous trouve à cette heure, en ce lieu,
Cette clef dans vos mains... vous me perdez.

SUÉNON.

O Dieu!

Redites-moi ces mots?

CHRISTINE.

Dire que je vous aime...

Jamais... Fuyez.

SUÉNON.

Un mot...

CHRISTINE.

Oui, l'on vient ici même;

Malheureux!

SUÉNON.

Sans regret alors je partirai.

CHRISTINE.

Rien, rien... Vous savez trop que je vous reverrai.

(Elle le pousse et ferme la porte avec violence.)

Le démon de ma perte a rouvert cette porte.

SCÈNE VI.

CHRISTINE, à gauche, appuyée sur un fauteuil; CLAIRET, entrant par la
porte du fond; SANTINELLI, près de lui; SIX SOLDATS DE SANTI-
NELLI.

CLAIRET.

On trompe ma vengeance... ô rage!

CHRISTINE.

Eh! que m'importe!

CLAIRET.

Vous me l'avez promise.

CHRISTINE.

Eh bien! j'y penserai.

SANTINELLI.

Vos ordres ne sont plus obéis.

CHRISTINE, impétueusement.

Jour sacré!

A-t-il dit vrai, Clairet?

CLAIRET.

Plus qu'en toute sa vie.

CHRISTINE.

Non, l'ordre est trop précis; vous m'avez mal servie.

CLAIRET.

A tous vos officiers Monsieur l'a présenté.

SANTINELLI.

Cet ordre, m'ont-ils dit, vient de Sa Majesté,
Mais cet ordre n'est pas fait pour des gentilshommes.
Voyez chez les valets.

CHRISTINE.

Devant ce que nous sommes,
Si grands qu'ils puissent être, ils sont tous des valets.
Retournez.

CLAIRET.

Nou... cette heure a changé le palais,
Et quelqu'un, à coup sûr, les pousse et les excite.
Même chez plusieurs d'eux j'ai cru voir cet ermite...

CHRISTINE.

Je te dois ta vengeance.

CLAIRET.

Assurez-vous d'abord

La vôtre.

CHRISTINE.

Ah! je la tiens.

CLAIRET.

Le marquis n'est pas mort.

CHRISTINE.

Quelques heures encore...

CLAIRET.

Et dans une il échappe.
Comprenez-vous enfin qu'il est des corps qu'on frappe
Dans la nuit, pour pouvoir les porter sûrement?

CHRISTINE.

A ta place, à la mienne, on punit autrement.

SCÈNE VII.

LES MÊMES, GUISE, entrant rapidement.

GUISE.

Rassurez-vous, Madame.

CHRISTINE.

Eh bien! Guise, on m'insulte.

GUISE.

Mon aspect suffira pour calmer ce tumulte.
Sur les jours du marquis je cours les rassurer.

CHRISTINE.

Vous?

GUISE.

Et dans le devoir je les ferai rentrer,
En les leur promettant.

CHRISTINE.

Mais Dieu seul est le maître
De pouvoir autrement qu'à la mort les promettre.

GUISE.

Calmez-vous; je sais trop et par quelle raison
Vous devez du marquis punir la trahison;
Mais il veut devant vous exposer sa défense,
Et vous le recevrez malgré sa grave offense.

Qu'il vienne donc!

CLAIRET, soudainement.

CHRISTINE.

Comment!

CLAIRET.

Qu'il vienne pour mourir.

CHRISTINE.

Ici?

GUISE.

L'assassiner!

CLAIRET.

Pourquoi? s'il doit périr...

CHRISTINE.

Pourquoi ce piège aussi que je ne puis comprendre?

CLAIRET.

La présence d'un Guise est là pour vous l'apprendre.

GUISE.

La présence d'un Guise est là pour arrêter
Les infâmes conseils qu'on ose vous dicter.

CHRISTINE.

Guise, je puis vouloir ce que l'on me conseille.

CLAIRET.

Comme au vôtre, à son nom la révolte s'éveille.

CHRISTINE.

Ma justice partout peut s'accomplir.

GUISE.

Jamais,

Non, jamais devant moi...

CHRISTINE.

Mais, Monsieur, si j'armais
Ces soldats pour la mort que mon honneur réclame,
Que pourriez-vous contre eux?

GUISE.

Je suis Guise, Madame,
Petit-fils de Henri Guise le Balafré,
De même par son roi dans un piège attiré;
Pour ce même salut de justice suprême,
Par des soldats pareils assassiné de même.
La France ne peut voir deux fois ces attentats;
S'il vient, je le défends.

SANTINELLI.

Vous, contre mes soldats!

GUISE.

J'ai nom Henri de Guise, et voici son épée.

CLAIRET.

Elle le servit mal

GUISE.

Mais elle fut trompée,
Car ils étaient cinquante, et vous n'êtes que dix.

CHRISTINE, calmant du geste les soldats qui menacent Guise.

Si nos aïeux nous font ce qu'ils furent jadis,
J'ai de Gustave-Adolphe appris quelque courage.
Guise, la mort, ce soir, vengera mon outrage;
Retournez donc le dire à ceux de ma maison
Qui m'ont de mes bienfaits payée en trahison.
S'ils osent devant moi lever leur voix altière,
Ils connoîtront alors Christine tout entière.
Allez.

GUISE.

Ne tentez rien au delà de vos droits.

CHRISTINE.

Au rang où je suis née, on les connaît, je crois.

GUISE.

Nul ne permet le crime, et je sens sous la cendre
D'un nom qui jusqu'à moi n'aurait pas dû descendre
Que tout ce qu'il en reste appartient au malheur.

CHRISTINE.

Dieu me garde d'avoir droit à votre valeur!
Adieu!

(Guise sort.)

SCÈNE VIII.

LES MÊMES, excepté GUISE.

CHRISTINE.

Santinelli!

(Santinelli s'approche.)

CLAIRET.

Quoi! tout nous abandonne!

CHRISTINE, à Santinelli, à voix basse.

Tes gens ont-ils du cœur?

SANTINELLI.

Quand le vin leur en donne,

Et que j'en puis payer.

CHRISTINE.

L'or leur plaît-il encor?

SANTINELLI.

Quelques pintes de vin et quelques écus d'or,
Ils passeront pieds nus dans un ruisseau de laves.

CHRISTINE.

Voici pour toi, d'abord. Sont-ce là tous tes braves?

SANTINELLI.

Là-haut, dans leur quartier, il m'en reste encor vingt;
Trente .. c'est mon marché : c'est tout ce qui revint
De trois cents que j'avais conduits en Allemagne.
Je m'y suis ruiné rien qu'en une campagne.

CHRISTINE.

Ils t'en vaudront trois cents aujourd'hui, s'ils sont sûrs.

SANTINELLI.

J'ai vu des temps meilleurs, j'en ai vu de plus durs.
Jadis dans le Brabant, aux troupes espagnoles
Je me suis engagé, moi seul, pour dent pistoles,
Et, mon marché fini, je pus aux Brabançons
Engager avec moi six cents braves garçons.
J'ai servi les États, le Hanovre et l'Empire,
Et je ne pense pas qu'aucun d'eux puisse dire
Qu'on m'a vu refuser un poste, quel qu'il soit,
Lorsque fidèlement la solde se perçoit.

CHRISTINE.

Payer est mon devoir.

SANTINELLI.

Obéir est le nôtre.

CHRISTINE.

Ainsi, tu frapperais...

SANTINELLI.

Le marquis ou tout autre.
Un coup d'œil suffira; je tiens là son arrêt.

CHRISTINE.

Je t'attends donc ici.

SANTINELLI.

Je serai bientôt prêt.

CHRISTINE.

Avec tes gens.

SANTINELLI.

Je sais mon métier, je m'en flatte.

CHRISTINE, sortant.

Viens, Clairet; mes projets veulent que je me hâte.

(Ils sortent.)

SANTINELLI.

Enfants, il n'est plus temps de faire les muguets :
Des pierres à vos chiens... Voyons si nos mousquets

Savent encor parler et porter une balle.
Allons, vive le vin!

(Il fait monter la course.)

Et c'est moi qui régale.

(Ils sortent. Le théâtre change.)

SCÈNE IX.

CHARNACÉ, SIMON.

(Le théâtre représente une vaste salle avec des portes ouvrant dans le fond. A droite de l'acteur, un immense fauteuil en trône monté sur deux marches; une porte latérale en avant du trône; des sièges et des bancs en face, et une porte faisant face à celle qui est près du trône. Charnacé entr'ouvre cette porte, et fait sortir Simon.)

CHARNACÉ, portant des pistolets.

Vois la reine, et dis-lui que jusqu'à ce moment
J'ai gardé le marquis dans son appartement;
Mais qu'il est maintenant chez monseigneur de Guise.
Qu'elle désigne un lieu sûr, où je le conduise.
Dis que les officiers, pour pénétrer chez lui,
Criaient et brisaient tout quand je me suis enfui;
Que je n'en réponds plus s'ils trouvent ma retraite.

(Simon sort.)

Va... Rentrons et tenons notre défense prête.
Mais faut-il au marquis remettre ce papier?

(Il l'ouvre et lit.)

« Croyez à Saint-Aubin. » Dans nul calendrier
Je n'ai trouvé ce saint... Rien après cette ligne,
C'est quelque avis caché... Respectons ma consigne.

(Il rentre un moment.)

SCÈNE X.

CHARNACÉ, SUÉNON, d'abord seul.

SUÉNON, frappant à la porte.

Rien... Le château, je crois, est devenu désert.
Pas un appartement d'officier n'est ouvert,
Pas un tanquenet, pas un seul mon passage;
A Guise il faut pourtant remettre ce message.

(Il va pour sortir.)

CHARNACÉ, entr'ouvrant la porte avec précaution.

Est-ce un traître, un ami? Vrai Dieu! c'est Suénon.

SUÉNON, se retournant.

Ah! c'est toi, Charnacé? Guise est-il chez lui?

CHARNACÉ, près de la porte.

Non;

Puis, on n'approche pas.

SUÉNON, s'arrêtant.

Ah!

CHARNACÉ.

Je crains quelque piège.

SUÉNON.

Comment?

CHARNACÉ.

L'appartement est en état de siège,
Et l'ennemi le prend, s'il m'a par trahison;
Car je suis gouverneur, chef, peuple et garnison.

SUÉNON.

Quel fou!

CHARNACÉ.

Les fous sont ceux qui, sachant leur sentence,
Pour s'enfuir du bourreau passent sous la potence.

SCÈNE XI.

LES MÊMES, sur le devant, à droite; MÉRULA, BEMPO, DORIA,
OFFICIERS, entrent précipitamment.

(On entend une rumeur sourde pendant les dernières paroles de Charnacé.)

VOIX, en dehors.

Oui, là.

CHARNACÉ, s'élançant vers la porte du fond.

Je suis trahi.

SUÉNON, passant à droite près de Charnacé.

Que veut dire ceci?

CHARNACÉ, revenant du fond de la scène près de Suénon.

Le barbu les conduit.

MÉRULA, paraissant à la porte du fond.

C'est ici.

TOUS LES OFFICIERS.

C'est ici;

Entrons.

(Ils se dirigent vers la porte devant laquelle sont Suénon et Charnacé.)

CHARNACÉ.

Tout beau, Messieurs, trop d'ardeur vous emporte.
Que voulez-vous?

DORIA.
Entrer.

CHARNACÉ.
Bien... je ferme la porte.

MÉRULA, qui se tient tout à fait à gauche entre les officiers.
Le marquis est là.

CHARNACÉ.
Bien.

DORIA.
Nous voulons le voir.

CHARNACÉ.
Bien.

DORIA, avec colère.
Et ne nous forcez pas...

CHARNACÉ.
Je ne vous force à rien.

MÉRULA, aux officiers.
Enlevez le marquis avant qu'on l'assassine.

SUÉNON, s'élançant vers eux.
L'assassiner!

TOUS.
Oui, oui.

SUÉNON.
Vous accusez...

TOUS.
Christine,

La reine.

SUÉNON.
La reine!

TOUS.
Oui.

SUÉNON, avec fureur.
Qui l'ose nommer?

TOUS.
Moi.

DORIA, s'avançant.
Moi.

SUÉNON.
Vous êtes un lâche.

CHARNACÉ.
Il l'a dit, je le crois.

DORIA, tirant son épée.
L'épée à la main!

SUÉNON, avec mépris.
Moi, pour un si bas usage!

DORIA.
En garde! ou, sur mon Dieu, je te frappe au visage.

SUÉNON, tirant son épée.
Doria, c'est au cœur que moi je frappe... A toi.

CHARNACÉ.
Bien porté.

TOUS.
Bien paré.

MÉRULA, qui les suit des yeux.
Bien, bien, pensons à moi.
(Il va pour sortir.)
Grand Dieu! Guise!

SCÈNE XII.

LES MÊMES, GUISE.

GUISE, séparant Doria et Suénon.
Messieurs... Doria... La Gardie;
Quoi! chez moi... c'est agir d'une façon hardie.

DORIA.
Il m'a traité de lâche, et j'en aurai raison.

CHARNACÉ.
C'est traître qu'il fallait.

DORIA.
Quant à la trahison,
Je l'avoue hautement.

GUISE.
Que tout ceci finisse;
Je ne veux pas savoir ceux qu'il faut qu'on punisse.

SUÉNON.
Monseigneur, mon respect vous est connu; voici
Le message important qui m'appelait ici,
(Remettant une lettre à Guise, qui la lit.)
Quand ces Messieurs, hurlant comme une populace,
S'y sont précipités.

CHARNACÉ.
Ont investi la place,
Et de plus, m'ont voulu ravir mon prisonnier.

GUISE.
Ils ont été trop loin, je ne puis le nier;

Mais je ne puis non plus blâmer leur résistance.
(Se tournant vers les officiers.)
Vous vouliez du marquis garantir l'existence,
Messieurs; mais maintenant la reine, vous et moi,
Nous en répondons tous au parlement du roi.

CHARNACÉ.
Le pauvre homme!

GUISE.
Je vais la voir... vous, qu'on réprima
Des cris qui maintenant ne seraient plus qu'un crime.
(Il sort.)

SCÈNE XIII.

LES MÊMES, excepté GUISE.

CHARNACÉ., aux officiers qui se retirent.
Mon petit fort, Messieurs, n'a pas été conquis.

DORIA.
Il est vrai; rassurés sur les jours du marquis,
Nous nous retirons.

MÉRULA.
Non...
(A part.)
Ce n'est pas là mon compte.
(Aux officiers.)
Sortir parce que Guise a su vous faire un conte!

TOUS, entourant Mérula.
Lui?

CHARNACÉ.
Que dit ce coquin?

MÉRULA.
Peut-être en ce moment
Le marquis vous appelle et meurt secrètement.

DORIA.
Guise nous trahirait!

CHARNACÉ.
Qui parle mal de Guise?

MÉRULA.
Sous les plus nobles traits le crime se déguise.

CHARNACÉ.
Le crime sous les tiens a toute sa laideur.

MÉRULA.
Monaldeschi dans vous espérait plus d'ardeur,
Vous le laissez mourir.

TOUS.
Nous?

SUÉNON.
Votre ministère
Est de prêcher la paix.

CHARNACÉ.
Le sien est de se taire.

TOUS.
Non, parlez.

MÉRULA.
Croyez-vous à ma parole?

TOUS.
Oui, oui.

CHARNACÉ.
Paix!

MÉRULA.
La reine a juré son trépas aujourd'hui
Devant moi.

DORIA.
Trahison! nous en aurons vengeance.

TOUS.

Le marquis!...

SUÉNON, tirant son épée.
Charnacé, balayons cette engeance.

TOUS.

Le marquis! le marquis!

CHARNACÉ, tirant ses pistolets.
Venez donc le chercher!

MÉRULA.
Dieu vous voit.

CHARNACÉ, le menaçant.
Vieux coquin, je te ferai prêcher.

MÉRULA, se retirant.
C'est par mépris pour vous.

TOUS.
Place! entrons.

MÉRULA, de même.
Cette femme
A l'orgueil du démon.

TOUS.
Place!

MERULA.

C'est une infâme,

Une empoisonneuse.

TOUS.

Oui, oui!

MERULA, à part.

Ça va, bien merci.

(Du fond du théâtre.)

A bas la reine!

TOUS, se précipitant vers Suénon et Charnacé.

A bas Christine!

SCÈNE XIV.

CHARNACÉ, CHRISTINE, SUÉNON, CLAIRET, SIMON,
DORIA, BEMPO, OFFICIERS, DEUX SOLDATS près de Christine.

CHRISTINE, entrant impétueusement par une porte latérale près du trône,
et se plaçant entre les officiers et Charnacé.

La voici!

Vous nous titrez bien haut, messieurs nos gentilshommes,
Mais ce n'est pas encor là tout ce que nous sommes.
Je viens donc pour l'apprendre à ceux qui le voudront;
J'y viens l'épée au main et la couronne au front,
Pour qu'un signe constant ici vous avertisse
Que la reine Christine y fait grâce et justice.
Laquelle voulez-vous?

BEMPO, s'avançant, poussé par les officiers.

Justice!

CHRISTINE, le regardant en face.

Contre qui?

BEMPO, hésitant.

On a fait arrêter hier Monaldeschi.

CHRISTINE, le regardant fixement.

On a fait arrêter?...

BEMPO, embarrassé.

Et, Madame, on ajoute...

CHRISTINE, toujours les yeux attachés sur lui.

On ajoute?...

BEMPO.

On se plaint...

CHRISTINE.

On se plaint... Quand j'écoute,
Je veux d'abord savoir qui me parle et pourquoi,
« On a fait arrêter... » J'ai fait arrêter, moi!
« On se plaint... » Qui se plaint? vous?

BEMPO.

Moi... comme les autres.

DORIA, élevant la voix.

Le marquis a des droits, et ces droits sont les nôtres.
Nous voulons...

CHRISTINE, marchant droit à lui.

Un moment!... Est-ce Monsieur ou vous
Que nos gens ont chargé de leur plainte envers nous?
J'écris bien quelquefois trois lettres en trois langues,
Mais je ne saurais pas écouter deux harangues.

DORIA.

Je parlerai donc seul... Nous demandons pourquoi
Le marquis, par votre ordre, est prisonnier.

CHRISTINE.

Eh quoi!

Vous l'ignorez?

DORIA.

Autant que lui, je le suppose.

CHRISTINE.

Vous l'ignorez? Pourquoi prenez-vous donc sa cause?

DORIA.

Pour un prétendu crime on veut le condamner.

CHRISTINE.

Vous mentez, Doria.

DORIA.

Moi?

CHRISTINE.

C'est assassiner.

Qu'on dit.

DORIA.

Madame...

CHRISTINE.

Et comme il faut que tout se sache,

C'est vous qui l'avez dit.

DORIA.

Mais...

CHRISTINE.

Êtes-vous un lâche?

Comme l'a dit aussi Monsieur, que vous n'osiez
Répéter devant moi ce que vous en disiez...
Certe, il fallait avoir bien soif de vous confondre,
Pour être descendue au point de vous répondre!
Doria, votre nom, par vous déshonoré,
Vous protégea chez moi quand vous êtes entré;
Il vous protège encor; dernier de votre race,
Le dernier par le cœur, Doria, je vous chasse.

DORIA.

Madame!... mes amis!...

(Les officiers restent interdits.)

CHRISTINE.

Regardez-nous au front;

J'y porte une couronne, et jamais nul affront
Ne m'en fit souvenir sans l'y trouver sanglante.
Pour la première fois Christine est indulgente.
Sortez... Santinelli!

(Les portes s'ouvrent au fond, et on voit tous les soldats de Santinelli, le
mousquet apprêté.)

Chassez-le du palais.

(Tous les officiers se reculent de Doria.)

Éloignez vos soldats.

SANTINELLI.

Madame...

CHRISTINE.

Éloignez-les.

Ceux-ci sont mes amis, mes serviteurs fidèles.

TOUS, entourant la reine pendant qu'on entraîne Doria.

Oui, tous.

CHRISTINE.

Ce qu'on refuse à des clameurs rebelles,
On le doit accorder à des cœurs dévoués.

BEMPO.

Madame...

CHRISTINE.

Ainsi, par vous nos actes avoués

Sont justes?

TOUS.

Ils le sont.

CHRISTINE.

Certe, et comme je pense
Que tout vrai dévoûment mérite récompense,
J'espère vous prouver par votre jugement
Que tout forfait aussi mérite châtiment,
Car du sort du marquis je vous fais les arbitres.

TOUS.

Nous?...

CHRISTINE.

Vos titres, Messieurs, ne sont pas de vains titres;
Je reconnais vos droits en maintenant ma loi,
Et garde les respects que j'exige pour moi.
Charnacé, devant nous que le marquis paraisse.

CHARNACÉ, sortant, à part.

Le pauvre homme!... Rendons le saint à son adresse,
Car c'est d'un saint, je crois, qu'il doit avoir besoin.

CHRISTINE, à Clairet, lui montrant Bempo et deux autres officiers.

Avec ces trois messieurs, Clairet, prenez ce soin,
Et qu'on agisse en tout d'une façon loyale.
Huissiers, faites sonner l'audience royale.

(On ouvre toutes les portes. Toute la livrée et les soldats de Santinelli se
groupent au fond; Christine monte sur son trône. — Debout.)

Prenez place, Messieurs.

(Tous les officiers s'asseyent après Christine.)

Messieurs, si je remets

En vos mains ce pouvoir qui ne périt jamais,
Et que le ciel aux rois donne pour leur défense,
C'est qu'il s'agit ici de mon intime offense,
Et que je ne veux pas, dans un tel jugement,
Me moquer par faiblesse ou par ressentiment.
C'est que du vice humain on a beau faire étude,
Le cœur reste surpris à trop d'ingratitude;
Que, lorsque la loi frappe et donne le trépas,
La main doit être calme... et je ne le suis pas.
Juges, c'est donc à vous que Christine confie
Ses droits de souverain et l'honneur de sa vie.
C'est au vôtre à juger s'il en est à servir
La reine à qui vos mains le laisseraient ravir.
Mais, avant d'exposer devant vous mon injure,
Vous en chargez-vous?

TOUS LES OFFICIERS.

Oui.

CHRISTINE, se levant.

Jurez-le.

TOUS, se levant.

Je le jure.

CHRISTINE, debout.

Vous acceptez mes droits sans crainte et sans remord?

TOUS.

Tous, oui, tous.

CHRISTINE.

Or, ces droits sont de vie et de mort.
Soyez justes autant que l'homme en est capable,
Et ne considérez ni moi ni le coupable.

(Elle se rassied, les officiers de même; Clairet entre avec la cassette de Monaldeschi, qu'il pose sur une table près de Christine.)

Qu'il vienne.

(Monaldeschi entre, accompagné de Charnacé et de quelques gardes, et s'arrête sur le seuil de la porte, pendant que l'adjoint dépose sa cassette sur la table.)

MONALDESCHI, montrant un papier à Charnacé.

Charnacé... voilà tout?

CHARNACÉ.

Voilà tout.

MONALDESCHI, à part.

C'est d'elle... Il faut tenter l'affaire jusqu'au bout.

CHRISTINE, se penchant vers lui au moment où il passe près d'elle.

Marquis, un aveu franc, et peut-être je cède
A la pitié... Rien?

MONALDESCHI, se détournant.

Rien!...

CHRISTINE.

Que Dieu vous soit en aide!
Voici vos juges, venez.

(Le marquis va se placer en face de la scène.)

Approchez... Devant nous,
Marquis, les accusés ne parlent qu'à genoux;
Mais devant vos égaux, jugés par ma puissance,
Vous parlerez debout, selon votre naissance.
Répondez.

SCÈNE XV.

Les mêmes, GUISE.

GUISE, entrant par la porte du fond.

Arrêtez!

CHRISTINE.

Que prétend Guise ici?

GUISE, s'approchant de la reine.

Vous donner un conseil, Madame.

CHRISTINE, l'éloignant de la main.

Dieu merci,
J'ai de bons conseillers, quoique je vous estime.

GUISE, élevant la voix, et au milieu de la scène.

C'est donc un ordre alors qu'il faudra que j'intime.

CHRISTINE.

Un ordre?

GUISE.

A vous.

TOUS, se levant.

Jamais!

CHRISTINE, les calmant du geste.

Messieurs, silence, paix.
Guise, j'attends votre ordre en ce même palais,
Où du roi vous m'avez apporté les hommages.

GUISE.

Quels qu'ils soient, vous devez respect à ses messages.
Écoutez donc, vous tous, en ce lieu réunis:
Au nom du roi mon maître et mon seigneur, Louis,
Roi très-chrétien et roi de France et de Navarre,
Moi, Guise, duc et pair de France, je déclare
A Christine, en ce lieu présente et m'écoutant,
Que, faute de remettre en mes mains à l'instant
D'un crime quel qu'il soit tout auteur ou complice,
Pour que le roi mon maître en fasse à sa justice,
Elle encourra sa loi sans grâce ni pardon.

CHRISTINE.

Voyons l'ordre signé par Louis de Bourbon.

(Elle l'examine et la jette sur la table.)

Cet ordre, je l'avoue, a de quoi me confondre;
Mais nous ne sommes plus à Stockholm pour répondre
Comme l'exigerait notre honneur suédois.
Mais votre honneur français a dit: Fais ce que dois,
Advienne que pourra! j'en suivrai le précepte.
Que mon frère Louis du droit des gens n'excepte;
Qu'à ces mains qui portaient le sceptre, et qui parfois
Sous leur blancheur de femme ont fait plier les rois,
Il donne, s'il le veut, des fers: qu'il me même
Livrer à ses bourreaux, ceinte du diadème,
La tête qui clouait son hospitalité,
Dont elle crut le toit par l'honneur abrité,
Il le peut... c'est sa gloire, et certe il est le maître

De la placer si haut!.. la nôtre doit se mettre
A conserver les droits du rang où je naquis;
Mes gens donc, par ces droits, jugeront le marquis;
Et si la force y met obstacle, je proteste
Devant les nations!... Retirez-vous...

GUISE.

Je reste.
L'appareil que je vois m'en impose le soin;
Ne pouvant l'empêcher, j'en reste le témoin,
Pour que, s'il plaît au roi que sa loi vous punisse,
J'en rende témoignage aux gens de sa justice;
Et s'il est en ce lieu quelque Français loyal,
Je l'adjure en mon nom, et sous le droit royal,
De n'y prêter le sien, quelle que soit sa classe,
Son état ou son rang.

CHARNACÉ, allant près de Guise.

Vive Dieu! c'est ma place,
Baron de Charnacé.

CHRISTINE.

Vous, pour le roi!.. comment!

CHARNACÉ.

Son sujet, condamné par son haut parlement,
Et qui, sûr de sa vie, offre par préférence
Aux armes de Bourbon, de Navarre et de France,
Sa tête, pour qu'un jour on ne prétende pas
Qu'un Charnacé balance entre honneur et trépas.

CHRISTINE, avec dépit.

C'est fort bien... Maintenant personne ne réclame;
Chacun a dit, je crois, son mot de grandeur d'âme,
Continuons.

(Elle se tourne vivement vers Monaldeschi et montre la cassette.)

Ceci marquis, vous appartient?

MONALDESCHI.

Sans doute.

CHRISTINE.

Les objets que ce coffre contient?

MONALDESCHI.

S'il contient quelque objet, il m'appartient de même.

CHARNACÉ, bas, à Guise.

Saint-Aubin fait son jeu.

CHRISTINE, à part.

Quelle impudence extrême!

(Elle se tourne vers les officiers.)

Que pensez-vous, Messieurs, que mérite celui
Qui, chargé d'un emprunt, et sur les biens d'autrui,
Trompe celui qui prête et celui qui s'engage,
Reçoit les fonds promis... en soustrait le vrai gage,
Pour en remettre un faux et de nulle valeur?

SEMPO.

C'est un vol de laquais!

CHARNACÉ, bas, à Guise.

C'est un vol de voleur!

VOIX CONFUSES.

Bas, ignoble!

CHRISTINE, vivement.

Et de plus, si, dans un livre infâme,
Il ose de son crime accuser une femme,
Une reine... enfin, moi?

TOUS.

Vous?

CHRISTINE.

Pour ce crime affreux,
Qu'aura-t-il mérité?..

MONALDESCHI.

Je répondrai pour eux:
Il mérite la mort s'il a commis ce crime.

CHRISTINE.

C'est votre arrêt, marquis, que votre bouche exprime.

(Aux officiers.)

Vous savez, Winter?

SEMPO.

Riche en trésors bien acquis.

CHRISTINE.

Je lui fis emprunter...

SEMPO.

Par les mains du marquis?

CHRISTINE.

Mes diamants devaient garantir cette dette.
Où pensez-vous qu'ils sont?

TOUS.

Où?

CHRISTINE.

Dans cette cassette,
Que le marquis à lui dit bien appartenir.

GEMPO.
Est-il vrai?

MONALDESCHI.
Je l'ai dit.

GEMPO.
Vous pouvez revenir;
Pensez, marquis, pensez que ce mot vous condamne.

MONALDESCHI.
Soit. Ouvrez!

CHRISTINE.
Ouvrez donc!

CLAIRET, qui a ouvert la boîte, avec rage.
Rien!

TOUS LES OFFICIERS, qui se sont levés, les yeux fixés sur la cassette.
Rien!

CHRISTINE, à moitié levée, retombe sur son trône.
Rien!

MONALDESCHI, à part.
O Marienne!

(Tout le monde est immobile; Christine quitte vivement son trône et marche rapidement en silence; elle lève les yeux, rencontre Monaldeschi et lui tend la main.)

CHRISTINE.
Monaldeschi, je veux vous demander pardon.
(Elle se promène encore et repasse près de Monaldeschi.)
Bientôt, marquis, bientôt...
(Elle va vers Guise, Charnacé et Suénon. — A Charnacé.)
Vous, Guise, Suénon,
Demeurez.
(Elle marche encore vers Monaldeschi.)
Oui, marquis... faites que l'on me laisse.
(Elle tombe sur un fauteuil en sanglotant. Tout le monde sort.)
Malheur, malheur à moi!...

SCÈNE XVI.

SUÉNON, CHARNACÉ, CHRISTINE, GUISE.

GUISE.
Pourquoi cette faiblesse
Lorsque vous retrouvez un ami dévoué?

CHRISTINE, avec colère.
Guise, comprenez donc quel rôle j'ai joué,
Odieux, ridicule, et par quelle indulgence
J'ai peut-être en mes mains enchaîné ma vengeance!
Sans preuves, maintenant, puis-je le condamner?
Si je l'ose, on dira que c'est l'assassiner.

GUISE.
Votre courroux s'égare.

CHRISTINE.
Ah! j'aimerais mieux être
Coupable du forfait dont m'accuse ce traître...

GUISE.
Madame, oubliez-vous encor qu'il ne l'est point?

CHRISTINE.
Guise, eh! me croyez-vous sotte et folle à ce point
D'avoir si hautement annoncé sa disgrâce,
Sans avoir du forfait bien reconnu la trace?...
J'ai vu, vu de mes yeux les preuves du forfait.

GUISE, avec doute.
Eh! comment se fait-il?...

CHRISTINE.
Comment cela s'est fait?
Demandez à l'enfer... à moins que cet ermite..,

GUISE.
Sur des soupçons encor votre courroux s'irrite;
Peut-être il est coupable aussi; mais, entre nous,
Je pense qu'il se livre à des crimes plus doux.

CHRISTINE.
Qu'est-ce à dire?

GUISE.
Ou je vois mal ce que je regarde,
Ou cet ermite saint était le même garde
Qui sut avant-hier du palais enlever
Cette enfant de Clairet, qu'on n'a pu retrouver.

CHRISTINE, à part, avec une grande surprise et calculant en elle-même.
O ciel! étrangement tout ceci se rapporte.
Ensemble, en ce caveau... cette clef, cette morte...
Malheur!

GUISE, l'observant.
Que dites-vous?...

CHRISTINE, réfléchissant, à part.
Oui...

GUISE.
Vous soupçonnez?

CHRISTINE, comme approuvant sa pensée.
Oui!
C'est cela.

GUISE, bas, à Charnacé.
Charnacé, vous veillerez sur lui.
(A Christine.)
Madame...

(A part.)
A ses regards, sa sombre joie échappe.
(A Christine, l'observant.)
Vous...

CHRISTINE, revenant à elle et d'un air indifférent.
Moi? rien. J'admirais comme l'esprit se frappe
D'un soupçon, et combien longtemps il s'en ressent.
Je dois croire et je crois le marquis innocent,
Et déjà sur un mot je m'étais emporté;
Mais... vous le comprenez... je suis fort agitée;
Je vais dans la forêt me distraire un moment.

GUISE.
Le temps menace.

CHRISTINE.
Oh! rien, une heure seulement,
En carrosse.

SUÉNON.
Il suffit... Quelle garde accompagne?

CHRISTINE, vivement.
Personne... je veux seule admirer la campagne.
Guise, avant mon départ vous recevrez de moi
Le message secret que je destine au roi.
Charnacé, ce me semble, a mérité sa grâce,
Il vous suit.

CHARNACÉ, sur un signe de Guise.
Permettez, puisque le temps menace,
Que j'attende un rayon du soleil de la cour.

CHRISTINE, à part.
Je saurai l'éloigner avant la fin du jour.
(A Charnacé.) (A Guise.)
Oui, demeurez... Adieu!... Vous n'attendrez pas, Guise.

GUISE.
Je sors.
(Il sort.)

CHRISTINE, en sortant.
Et maintenant, que l'enfer me conduise!
Tremble, Monaldeschi!
(Elle sort.)

SCÈNE XVII.

SUÉNON, CHARNACÉ.

CHARNACÉ.
Te voilà bien pensif.

SUÉNON.
Moi, dis-tu?

CHARNACÉ.
Mais, vraiment, c'est tomber de bien haut.
La place du marquis est un peu dangereuse,
Mais une âme brûlante est rarement peureuse,
Et je le crois bien brave.

SUÉNON, avec dépit et mépris, prenant une clef comme s'il voulait la briser.
Et le lâche va donc
Reprendre cette clef.

CHARNACÉ, vivement.
T'eu a-t-elle fait don?

SUÉNON, avec humeur.
C'est celle qui servit pour enlever Marienne.

CHARNACÉ.
La sait-on en tes mains?

SUÉNON.
Oui, certes.

CHARNACÉ.
Dieu me damne!
Et l'on ne te l'a pas arrachée à l'instant?

SUÉNON.
Non, mais qu'importe?

CHARNACÉ.
Rien, sinon que l'on t'attend.

SUÉNON.
Qu'oses-tu dire?

CHARNACÉ.
Eh! mais, si je connais les femmes,
Il faut être un peu bon pour ces très-grandes dames,
Qui comme moi dont un fort s'enferment dans leur rang.
Tiens, lis le Scudéry... « Vienne le conquérant,
Dit-elle... l'une attend et demeure blottie,

L'autre entr'ouvre une porte et tente une sortie ;
Mais il en est aussi qui demandent l'assaut ! »
Mon pauvre Suénon ! si tu n'étais un sot...

SUÉNON.

Charnacé, j'oserais...

CHARNACÉ.

La nuit est si fidèle,
Sait tout et ne dit rien.

SCÉNE XVIII.

SUÉNON, CHARNACÉ, CLAIRET, VALETS.

CLAIRET, entrant précipitamment, et avec fureur.

Enfer ! où donc est-elle,

La reine ?

(Bruit extérieur.)

CHARNACÉ.

Le palais est-il encore en feu ?

CLAIRET.

La reine ?

SUÉNON.

Elle est sortie et va rentrer dans peu.

VALETS, en dehors.

A bas !...

CLAIRET.

Monaldeschi, le lâche les ameute ;
Ses valets sont sur moi lancés comme une meute.

VALETS.

A bas !...

CHARNACÉ.

Chacun son tour.

CLAIRET, cherchant quelque arme pour se défendre.

Rien !... rien !...

CHARNACÉ.

Ecoute-moi :

Invoque Saint-Aubin, il a sauvé, je crois,
Le marquis ; il est juste à ton tour qu'il te sauve.

LES VALETS, entrant.

Au fouet !...

SUÉNON.

Ils l'ont traqué comme une bête fauve.

CLAIRET, qui s'est emparé des pistolets de Charnacé, que celui-ci avait
mis sur un guéridon.

A moi donc, à moi, tous, lâches !

(Il leur présente les pistolets ; ils s'arrêtent.)

CHARNACÉ, à Clairet.

Epargne-les.

(A Suénon.)

Regarde, Suénon : tels maîtres, tels valets.

(Ils entraînent Clairet.)

ACTE QUATRIÈME

Un intérieur de grotte avec quelques meubles grossiers, quelques
escabelles ; une table à gauche, sur laquelle une cruche d'eau et
des gobelets ; un père-Dieu se trouve au fond, qui est en planches,
avec un toit en chaume appuyé sur le rocher. Une porte délabrée ;
à droite, dans le rocher, une issue naturelle avec une grotte qui
semble précéder celle où se passe l'action ; à droite, et presque
sur le premier plan, un tas de paille, sur lequel Marianne est
couchée. Le père Le Bel est assis près de la table sur une escabelle ;
il lit. On entend tomber la pluie, et de temps en temps le ton-
nerre gronde.

SCÉNE PREMIÈRE.

LE PÉRE LE BEL, MARIANNE.

LE PÉRE LE BEL, lisant des papiers qu'il ploie au lever du rideau.

J'ai déjà quatre fois tourné ce sablier ;
Deux heures qu'elle dort... n'allons pas oublier
De cacher avec soin ce dépôt exécrable.

(Il écarte une pierre du rocher, et met les papiers derrière, à côté de la paille
sur laquelle Marianne est étendue. Il considère Marianne.)

Voilà donc où conduit ce monde misérable !
Au fond d'un cloître saint mes frères retirés
En ignorent les maux, à leur porte expirés ;
Mais moi, qui, grâce à Dieu, puis dans cet ermitage
Par un chemin plus dur gagner son héritage,
Moi, qui durant l'hiver, loin du toit du couvent,
Pleure ici mes péchés sous la pluie et le vent,
Quelle que soit encor ma retraite profonde,
J'entends gémir le juste et j'entrevois le monde.
Il me montra aujourd'hui le vice triomphant,

Dont le souffle en son âme a flétri cette enfant.
Le calice, la veille et la faim que j'endure,
O mon Dieu ! ne sont pas ma peine la plus dure.
C'est de voir cette enfant, dédaignant ton pardon,
Plus haut que son péché pleurer son abandon.
Mon Dieu ! fais qu'elle oublie, ou remplis son attente ;
Car plus que son salut son désespoir la tente.
Si le coupable meurt, elle voudra mourir ;
Ou bien inspire-moi comment la secourir
Dans ce monde et dans l'autre...

(Il réfléchit.)

Irai-je à ce ministre,
Dont les lettres étaient sous ce trésor sinistre ?
Une fois, à Paris, j'ai vu ce Mazarin
Qui de Monaldeschi veut faire un souverain ;
Qui l'approuve d'avoir presque forcé la reine
A l'hymen, par la honte ou lui-même il la traîne,
Et qui, sur cette enfant, nomme admirable trait
D'avoir payé sa fille occupé de Clairet,
Tandis qu'il s'en amuse, et qu'elle meurt peut-être.
J'ai vu ce Mazarin, ce ministre est mon maître ;
Irai-je le tenter après ce que j'ai lu ?
Quoi, mon Dieu ! ce danger me laisse irrésolu ?
Devant mes yeux chrétiens sa pourpre reste pure ;
Mais toi, tu peux jeter sa pourpre sous ma bure,
Mettre au-dessus du sien un nom plus inconnu.

MARIANNE, se soulevant.

Mon père !

LE PÉRE LE BEL, près d'elle et la soutenant.

Mon enfant ?

MARIANNE, avec effort.

Eh bien ! est-il venu ?

LE PÉRE LE BEL.

Ma fille, est-ce donc là ta première espérance ?

MARIANNE, debout, et comme brisée.

Pardon, c'est un vain mot qu'a produit ma souffrance.
Il n'a pas dû venir... je ne l'espérais pas...
Je n'espère plus rien.

LE PÉRE LE BEL.

Si ce n'est ici-bas,
Porte au moins ton espoir après la vie humaine,
Dans un monde meilleur...

MARIANNE.

Où le trépas nous mène

LE PÉRE LE BEL.

Dieu ne parle donc plus à ce cœur perdu ?

MARIANNE.

Mon père, dans ce cœur, comme un trait assidu,
Je n'entends déjà plus qu'une voix implacable,
Qui me parle sans cesse et sans cesse m'accable,
Qui dit et dit toujours : Meurs, il ne t'aime pas.

LE PÉRE LE BEL.

Sais-tu quel châtiment peut suivre ce trépas ?

MARIANNE, montrant l'endroit où le père Le Bel a mis les papiers.

En est-il un plus grand qu'un mot de cette lettre ?
Il dit ce que je suis, je ne le veux plus être.
Quoi ! lorsqu'à ses serments je me laissais ravir,
J'étais le vil jouet dont il doit se servir
Pour écarter mon père et tromper ma rivale !...
Et je l'aime... Ah ! trop bas cet amour me ravale ;
La mort efface tout.

LE PÉRE LE BEL.

Moins que le repentir.
De ce monde méchant, ma fille, on peut sortir ;
Mais dans la pénitence et par sa sainte voie...

MARIANNE.

Mon père, croyez-vous encor que je le voie ?
A-t-il eu mon billet... ou bien l'a-t-il compris ?
Sans doute... mais je suis si bas dans son mépris,
Que, sachant ses trésors en mes mains, il me quitte,
Et qu'envers moi peut-être il s'estime être quitte.
Mais vous, vous les avez ?

LE PÉRE LE BEL.

Quels doutes insensés !

MARIANNE.

Pour me perdre, mon Dieu, je l'aurais bien assez ;
Mais vous, après ma mort, vous saurez me défendre.

LE PÉRE LE BEL.

A l'estime de l'homme, enfant, pourquoi prétendre,
Si les arrêts du ciel ne sont plus rien pour toi ?

MARIANNE.

Mon père, mon malheur est plus grand que ma foi.
Comment ai-je jugé le crime que j'expie,
Mon Dieu, quand tu souris à cette ruse impie,
Qui se livre sans honte et punit sans pardon,

Méconnaissant tes lois et blasphémant ton nom?
Elle vit cependant... reine, puissante, auguste,
Et moi, je meurs, je meurs!.. Non, Dieu, tu n'es pas juste.

(L'orage augmente.)

LE PÈRE LE BEL.

Enfant, son feu vengeur plane sur ma maison.

MARIANNE.

Grâce! je suis coupable, ou j'en perds la raison!
Mon père, sentez-vous comme ma tête brûle?

LE PÈRE LE BEL, *faisant asseoir Marianne près de l'issue de la grotte.*

Eh bien, assieds-toi là, l'air du moins y circule;
Le sommeil t'a laissé ta fièvre et sa chaleur.
Calme-toi.

MARIANNE.

Le sommeil m'a laissé mon malheur.

LE PÈRE LE BEL.

Prends cette eau, pauvre enfant, elle éteindra ta fièvre.

MARIANNE.

Non, mon dernier breuvage a rafraîchi ma lèvre;
Je ne prendrai plus rien.

LE PÈRE LE BEL.

Dieu!

MARIANNE.

Plus rien d'aujourd'hui.

(Elle écoute.)

On vient, mon père.

(Elle se lève.)

On vient... mon Dieu!

(Elle regarde et retombe assise.)

Ce n'est pas lui.

Ton doigt est inflexible, et mon heure est marquée.

SCÈNE II.

MARIANNE, *assise à droite, près du lit de paille;* MÉRULA, *entrant par
la porte du fond;* LE PÈRE LE BEL, *à gauche.*

MÉRULA, *étant sa robe d'ermite, ramasse par terre une veste et son chapeau
de bandit italien; il prend son mousquet.*

Je reprends mes habits; mon affaire est manquée.
Je ne vous avais pas cependant oublié;
Mais avant mon retour, qui vous a délié?

(Il aperçoit Marianne.)

Vous ici! par ce temps! c'est avoir du courage.

MARIANNE, *se levant péniblement.*

Pourquoi? j'étais ici longtemps avant l'orage.

MÉRULA, *surpris.*

Comment, avant l'orage?

MARIANNE.

A la porte du bois,
Ce matin, des soldats, n'entendant plus la voix,
J'ai tenté de l'ouvrir... alors j'ai pris la fuite.

MÉRULA.

C'est possible... l'affaire était si bien conduite...
Jamais palais ne fut si fort bouleversé,
Mais la reine est venue, et tout s'est dispersé.
Il a fallu partir.

MARIANNE.

Et lui?

MÉRULA.

Lui... pauvre fille!...
Tenez, rien ne remplace un père, une famille;
Retournez chez le vôtre... Adieu!

MARIANNE, *avec désespoir.*

Monaldeschi!

MÉRULA.

Enfant, il est jugé... rappelez-vous par qui!

LE PÈRE LE BEL.

Vous avez entendu l'arrêt?

MÉRULA.

Moi? pourquoi faire?
Je ne suis pas un homme à quitter une affaire
Tant qu'il reste un espoir d'en sauver un lambeau;
Mais on ferait sortir un mort de son tombeau
Plutôt que d'en sauver celui qu'elle y destine,
Maintenant qu'en ses mains le possède Christine.

MARIANNE, *avec anxiété.*

Mais on n'a pas trouvé les preuves du forfait!

MÉRULA, *avec surprise.*

On n'a pas trouvé... quoi?

(Il s'élance vers la porte et la ferme.)

LE PÈRE LE BEL, *pendant ce mouvement, se plaçant près de Marianne.*

Grand Dieu! qu'avez-vous fait?

MÉRULA, *revenant près de Marianne.*

Ah çà! parlons sans peur, et point de réticence.

Comme Dieu me l'a fait j'accepte l'existence;
Mais à l'aider parfois je ne vous pas grand mal.
Vous avez les bijoux?

MARIANNE.

Moi?

MÉRULA.

Tous deux.

LE PÈRE LE BEL.

Jour fatal!
Tremble : la loi du ciel et des hommes condamne
Qui prend le bien d'autrui.

MÉRULA.

Dieu permet qu'on y glane,
Et pour la loi de l'homme, elle a tiré sur moi
Un horoscope plus haut que celui d'un roi.

LE PÈRE LE BEL.

Que la religion parle à ta conscience!

MÉRULA.

Mon père, j'ai goûté du fruit de la science :
Votre habit m'a, je crois, appris le droit canon;
Mais j'aime mieux le mien... que l'on l'approuve ou non.
Voici ma loi, qui vaut en ce lieu, ce me semble,
Plus que les lois du ciel et des hommes ensemble.

(A Marianne.)

Enfant, je ne suis pas un si mauvais chrétien;
Je vous ai fait du mal, je vous ferai du bien.
A l'instant, sans un sou, j'allais partir pour Rome;
Mais on tue un chevreuil... ou l'on rencontre un homme;
On vit toujours... Mais vous, vous resteriez sans pain;
Il faut autant qu'on secourir son prochain.
Et puis, je n'aime pas qu'on me force à mal faire...
Partageons.

LE PÈRE LE BEL.

Quoi! ton crime!...

MÉRULA.

Eh! non pas, mon affaire.

(A Marianne.)

Prenez les trois quarts.

LE PÈRE LE BEL.

Fuis!

MÉRULA.

Vous me poussez à bout.

Voulez-vous?..

LE PÈRE LE BEL.

Misérable!

MÉRULA.

Eh bien! je prendrai tout.

(Avec fureur.)

Allons! ces diamants, qu'on les donne, ou peut-être...

LE PÈRE LE BEL.

Vous pouvez me tuer, vous en êtes le maître!

MÉRULA, *son poignard à la main.*

Où sont-ils? où?

LE PÈRE LE BEL.

Frappez!

MÉRULA, *avec dépit.*

Il ne parlera pas.

(A Marianne.)

Mais vous... vous, un enfant, vous craignez le trépas?

MARIANNE, *d'une voix faible.*

Pour un moment plus tôt faut-il qu'on le redoute?

MÉRULA, *à part.*

Je la ferai parler, moi, sans qu'elle s'en doute.

*(Il fait le tour de la scène, puis revient se placer en face du père Le Bel et
de Marianne, qu'il examine avec anxiété, tandis qu'il parle au père Le
Bel.)*

Ils étaient bien cachés, pour faire le cruel...
Je les vois d'ici...

MARIANNE, *avec un mouvement involontaire qui lui fait porter les yeux du
côté où sont les diamants.*

Vous?..

LE PÈRE LE BEL, *s'élançant près d'elle pour prévenir le mouvement.*

Fixez vos yeux au ciel!

MÉRULA, *avec rage et prêt à frapper.*

Malheureux!..

MARIANNE, *le retenant.*

Grâce!

MÉRULA.

Eh non!

(Se parlant à lui-même, et avec une colère qui s'anime par degrés.)

Ici... là... ma fortune...
Rage! et depuis dix ans que je veux m'en faire une,
La toucher, sans pouvoir... Tenez... parlez... parlez,
Ou vous serez discrets plus que vous ne voulez.

(Il écoute.)
Malheur!...
                    (Il écoute de nouveau.)
                    Encore.
          MARIANNE, d'une voix de plus en plus faible.
                    Eh bien?
                    MÉRULA.
                              Au pied de cette roche
J'entends du bruit.
          LE PÈRE LE BEL, à Marianne, qui s'appuie sur lui.
                    Hélas! personne ne s'approche.
J'écoute en vain.
          MÉRULA, les poussant du côté de la première grotte.
                    Parbleu! je ne l'entends que trop;
A coup sûr, d'un cheval j'ai reconnu le trot.
Ah! lorsque je veillais aux campagnes de Rome,
Mes braves sûrement pouvaient faire leur somme;
A trois milles j'aurais reconnu l'ennemi.
Entrez là.
          LE PÈRE LE BEL, à Marianne, qui se soutient à peine.
                    Viens!
                    MARIANNE.
                    Pourquoi?
                    LE PÈRE LE BEL.
                              C'est peut-être un ami.
          MÉRULA, s'approche encore de la porte pour écouter.
Il monte à pied. Que diable! ou je n'ai plus d'oreille,
Ou je connais ce pas.
          MARIANNE, faisant un effort pour approcher.
                    Si c'était..
          MÉRULA, se relevant.
                              A merveille!
Mon ouvrage bientôt ici sera fini;
Il est peu de sorciers plus forts que Landini,
Pourvu que l'on lui paye un peu cher sa magie;
On l'a déjà brûlé trois fois en effigie.
          MARIANNE, tombant assise près du lit de paille.
Ah! je voudrais, mon père...
          LE PÈRE LE BEL.
                              Oui, s'il vient du château,
Nous saurons...
          MARIANNE.
Je succombe et je brûle... Un peu d'eau!

SCÉNE III.

LE PÈRE LE BEL, à gauche, debout près du lit de paille, MARIANNE,
assise, la tête appuyée sur le père Le Bel, LANDINI, qui entre par le
fond, MÉRULA, à gauche.

          MÉRULA, à Landini, au moment où il entre.
Allons, entre; on t'attend.
          LANDINI, à part.
                    Au diable la rencontre!
Marianne est-elle ici?
          MÉRULA.
                    Faut-il qu'on te la montre?
La voilà.
          LANDINI, s'approche de Marianne, qui fait un effort pour l'écouter.
                    Le marquis m'envoie ici.
          MÉRULA, vivement.
                              Vraiment!
          LE PÈRE LE BEL, avec anxiété.
Il est sauvé?
          LANDINI, confidentiellement.
                    Sauvé... vous devinez comment.
          MÉRULA, bas et avec intention.
Viendra-t-il?
          LANDINI, de même.
                    A minuit.
(Mérula le tire à l'écart, et cause avec lui. Ici il s'établit une double scène entre
Mérula et Landini, d'une part, et Marianne et le père Le Bel de l'autre.)
          MARIANNE, avec une joie convulsive.
                    Mon père!
          LE PÈRE LE BEL.
                    Eh bien?
          MARIANNE, se soulevant.
                              Mon père!
          LE PÈRE LE BEL.
Tu pâlis?
          MARIANNE, presque debout.
                    Je vivrai jusque-là, je l'espère.
          LE PÈRE LE BEL.
Malheur! je te comprends.
          MARIANNE, tombant à genoux.
                    Je vous avouerai tout.

Nous partagerons!
          MÉRULA.
                    Oui.
          LE PÈRE LE BEL, à Marianne, qui cherche à se relever.
                    Ma fille...
          MARIANNE.
                              Mon sang bout;
Il me brûle le cœur.
          LANDINI, toujours à l'écart avec Mérula.
                              Une somme si forte,
C'est dangereux.
          LE PÈRE LE BEL, à Marianne.
                    Enfant, repens-toi.
          MÉRULA, à Landini.
                              Que m'importe!
Dussé-je voir l'enfer danser autour de moi.
          LANDINI, à Mérula.
Tu le veux?
          MARIANNE, avec des sanglots.
                    O mon Dieu! c'en est trop.
          LE PÈRE LE BEL.
                              Repens-toi.
Malheureuse!
          MARIANNE, se pressant le front.
                    Là! là!....
          LANDINI, à Mérula.
                              Marché fait.
          LE PÈRE LE BEL.
                              Prends courage.
          MÉRULA.
Le sortilège est sûr?
          LANDINI.
                    Surtout après l'orage.
Mais je n'eusse jamais osé l'essayer seul.
          (Il tire plusieurs objets d'un petit sac de velours.)
          MARIANNE, se pressant la tête.
Je souffre là.
          LANDINI.
                    Toi, prends ce morceau de linceul.
Fuis du feu.
(Mérula le voit dans le bassinet de son arquebuse et fait du feu avec l'amorce.
Il prend les cierges qui sont devant un christ et les allume.)
          MARIANNE.
          Je ne sais, mais ma tête se trouble.
          LE PÈRE LE BEL.
Dieu, garde sa raison!
          LANDINI, qui tient un des cierges.
                    Pour faire un cercle double
Donne-moi ton poignard. C'est bien, il est en croix,
Il nous protégera.
(Il se met au fond et au milieu du théâtre, et fait deux cercles par terre.)
          LE PÈRE LE BEL, à Marianne.
                    Le ciel, en qui tu crois,
Ne demande qu'un mot, qu'un repentir sincère.
          MARIANNE.
Sous un bandeau de fer mon cœur brûle et se serre.
          LANDINI, à Mérula, qui se place à côté de lui.
Entre ici, maintenant que tout est apprêté.
          MARIANNE, cherchant à se soulever.
Il viendra pour me voir... il vient de ce côté.
          LE PÈRE LE BEL.
Quel délire fatal ce froid sourire annonce!
          MÉRULA, à dans le cercle.
Tu me diras les mots pour que je les prononce.
          MARIANNE, dont le délire croît à chaque mot.
Il vient.
          LE PÈRE LE BEL.
                    Pense à ton Dieu.
          LANDINI.
                              Maintenant, à genoux!
          LE PÈRE LE BEL, levant les mains au ciel.
Dieu vivant, entends-moi!
          LANDINI.
                    Satan, écoute-nous!
          LE PÈRE LE BEL.
Esprit saint!
          LANDINI.
                    Feu maudit!
          LE PÈRE LE BEL.
                              Secours-la.
          LANDINI.
                                        Je t'appelle.
          LE PÈRE LE BEL.
Viens, sauveur des humains!

LANDINI.
Viens, archange rebelle!

LE PÈRE LE BEL.
Dieu trois fois saint!

LANDINI, à Mérula.
Allons, et répète trois fois.

LANDINI ET MÉRULA, d'une voix forte.
Belzébuth!

LE PÈRE LE BEL, sortant de sa prière.
De l'enfer n'entends-je pas les voix?

MARIANNE, qui est parvenue à se mettre debout.
Monaldeschi!

LE PÈRE LE BEL, apercevant Landini et Mérula.
Que vois-je? anathème! anathème!

LANDINI ET MÉRULA.
Belzébuth!

LE PÈRE LE BEL.
En arrière!

MARIANNE, cherchant à se traîner vers la porte.
Il viendra, puisqu'il m'aime.

LE PÈRE LE BEL.
Damnés, je vous proscris de l'éternel salut!

MARIANNE.
Monaldeschi!

LE PÈRE LE BEL.
Malheur éternel!

LANDINI ET MÉRULA.
Belzébuth!

LE PÈRE LE BEL.
Viens!

Mort!

LANDINI.
Viens!

LE PÈRE LE BEL.
Mort!

LANDINI ET MÉRULA.
Viens!

(La foudre éclate, la porte s'ouvre avec fracas. Christine paraît; Marianne, à son aspect, tombe sur un banc de pierre dans l'angle du mur.)

MARIANNE, avec un cri et montrant Christine.
Là!

(Elle tombe.)

SCÈNE IV

LES MÊMES, CHRISTINE.

(L'orage est à son comble, et la scène est très-sombre.)

CHRISTINE, entrant impétueusement.
C'est ici... tremble, infâme!

LANDINI, tremblant et le front courbé.
C'est l'enfer!

LE PÈRE LE BEL, dans l'attitude d'un homme qui maudit.
C'est le ciel!

CHRISTINE, avec mépris.
Lâches, c'est une femme,

TOUS, excepté Marianne, qui est couchée sans mouvement : le père Le Bel près d'elle, Christine au milieu, Landini et Merula à droite.
Malheur!

CHRISTINE.
Pourquoi cette stupeur?
Comme un arrêt de mort ce nom vous a fait peur.

LANDINI, bas à Mérula.
C'est le nôtre, à coup sûr.

MÉRULA, de même.
D'autant que je suppose
Que nous sommes cernés... double enfer!

LE PÈRE LE BEL.
Quelle cause
Peut conduire Christine en cet humble réduit
Si tard?

CHRISTINE, l'observant.
Vous demandez quel motif m'y conduit?

LE PÈRE LE BEL.
Sans doute.

CHRISTINE, observant tour à tour Landini et Mérula.
Seule ici; le dire, s'ils l'ignorent,
C'est tenter leur poignard.

LANDINI, à Mérula, à voix basse.
Vous, ses yeux nous dévorent.

CHRISTINE, lisant leur inquiétude dans les traits de Mérula et de Landini.
Lâche par sa nature, esclave par ses lois,
L'homme tient ses regards baissés aux pieds des rois,
Avant que son poignard ne monte à leur poitrine,

Quel chemin...

(Avec un sourire d'orgueil.)
Je suis reine et m'appelle Christine.

(Au père Le Bel.)
Approchez-vous, mon père.

(A Landini et à Mérula.)
Et vous, si pour vos jours
Vous cherchez un pardon qu'on n'obtient pas toujours
Quand on a de Christine encouru la vengeance,
Par votre repentir gagnez son indulgence,
Espérez-la tous deux...

LE PÈRE LE BEL, à part, pendant que Christine se tourne vers lui sans perdre Landini et Mérula de vue.
Vous cet enfant, ô ciel!
A sa bouche mourante épargne un nouveau fiel!

CHRISTINE, au père Le Bel.
Vous m'avez demandé ce qui peut me conduire
En ce lieu... le voici.

LE PÈRE LE BEL, à part.
Qu'osera-t-elle dire?

CHRISTINE, avec un calme et une indifférence forcés.
Je viens ici chercher des diamants d'un prix
Dont l'orgueil d'une femme est certes moins épris
Que du pouvoir qu'ils ont de la rendre plus belle.

LE PÈRE LE BEL, avec sévérité et doute.
Eh quoi! ce seul motif en ce lieu vous appelle?

CHRISTINE, sèchement.
Mes paroles, je crois, n'ont pas d'obscurité.

LE PÈRE LE BEL.
Quelquefois le mensonge est sous la vérité.

CHRISTINE.
Souvent avec raison ce précepte s'applique;
Mais, Monsieur, sans détour je crois que je m'explique.
On a soustrait chez moi de très-riches bijoux,
Je dois les croire ici... les y connaissez-vous?
Que votre probité réponde à ma demande.

LE PÈRE LE BEL.
Plus haut qu'elle souvent la charité commande.

CHRISTINE, avec une légère impatience.
L'opinion est neuve et se peut discuter;
Mais ce n'est pas ici le lieu d'argumenter.
Dites oui, dites non... réponse aisée et claire.

LE PÈRE LE BEL, avec indignation.
Je ne servirai pas votre indigne colère.

CHRISTINE, se contraignant à peine.
Je suis calme, mon père, et vous ne l'êtes pas.

LE PÈRE LE BEL.
Dieu vous juge là-haut.

CHRISTINE, ironiquement.
Il m'éprouve ici-bas
Dans la lutte inégale où votre esprit l'emporte.

LE PÈRE LE BEL.
L'enfer vous donne seul celui qui vous rend forte
A suivre des projets honteux à révéler.

CHRISTINE.
S'il m'en donnait assez pour vous faire parler
Sur le vol très-honteux qui près de vous m'amène,
Je croirais cet esprit de trempe plus qu'humaine.

LE PÈRE LE BEL.
Puissé-je vous apprendre...

CHRISTINE.
Épargnez-vous ce soin;
Si c'est une leçon, je n'en ai pas besoin.
Mon père, je vous crois, en morale pratique,
Aussi fort que le roi de France en politique;
Mais au peu que je sais je demande conseil,
Et vos leçons sans doute auraient un sort pareil.
Finissons.

(A Mérula.)
Vous, Monsieur, vous qui jouez l'ermite,
Si bien que je croirai que Monsieur vous imite,
Pourrai-je dans ce lieu trouver mes diamants?

MÉRULA.
Madame, mon poignard vaut bien des arguments,
Et je n'en sais pas plus que si j'étais la reine.

CHRISTINE.
Mon service bien vite et bien loin vous entraîne.
Et vous, n'auriez-vous pas, mon maître en arts savants,
Pour me les retrouver pris aussi les devants?

LANDINI.
Je voulais seulement tenter un sortilège.

CHRISTINE.
De plaire à tout le monde ils ont le privilège;
Mais celle qui les a prise à coup sûr mieux que vous,
Marianne, je le vois, manque à ce rendez-vous.

LANDINI.

Marianne?

MÉRULA.

Pauvre enfant!

LE PÈRE LE BEL.

Reine, votre ironie

Vient-elle des mourants poursuivre l'agonie?

CHRISTINE, apercevant Marianne.

Eh quoi! contre la mort cette enfant se débat?

LE PÈRE LE BEL.

Puisse Dieu l'accueillir au sortir du combat!

CHRISTINE, s'approchant de Marianne, qui se lève.

Marianne!..

MARIANNE, se levant.

Me voici, quel sommeil!.. des fantômes...

Du sang!..

LANDINI.

Dieu! regardez.

CHRISTINE.

Quoi?

LANDINI.

Les mêmes symptômes...

Voyez!..

CHRISTINE.

Quoi donc?

LANDINI.

Ces yeux où s'éteint la raison.

CHRISTINE, regardant Marianne avec effroi.

Marianne!

MARIANNE, souriant.

Oui, c'est l'heure.

LANDINI.

Elle a pris le poison.

CHRISTINE.

Quel poison?

LANDINI, bas, à la reine.

Le poison...

LE PÈRE LE BEL.

Vengeances éternelles,

Écoutez!..

CHRISTINE.

Dieu l'a mis dans ses mains criminelles.

MÉRULA, à part.

Pauvre enfant!

CHRISTINE.

Landini, donne-lui tes secours.

LANDINI.

Rien du mal maintenant ne peut changer le cours.

Bientôt... bientôt la mort...

MARIANNE, souriant.

Oui, l'heure nous appelle;

Venez, l'autel est prêt, la fête sera belle.

LE PÈRE LE BEL.

Dieu le fuit.

CHRISTINE.

Malheureuse!

MARIANNE.

Allons, approchez-vous;

Je ne suis plus coupable... il sera mon époux!

CHRISTINE.

Elle rêve d'amour.

LANDINI, bas, à Christine.

Magnus parlait de gloire.

LE PÈRE LE BEL.

Mon Dieu! son crime seul occupe sa mémoire.

MARIANNE, avec douleur.

Pourquoi cette tristesse au jour de mon bonheur?

Vos pleurs assez longtemps ont dit mon déshonneur.

Si Dieu veut qu'en mon cœur ma blessure s'étanche,

A l'autel où j'irai sans ma couronne blanche,

Laissez ce jour en paix.

LE PÈRE LE BEL.

Au ciel tourne tes yeux!

MARIANNE.

Hélas! si vous m'aimiez, vous seriez plus joyeux.

CHRISTINE.

Ah! maudit soit celui qui cause ton délire!

LE PÈRE LE BEL.

Puisse le ciel bientôt n'avoir pas à maudire!

CHRISTINE.

Ce spectacle de mort manque à son châtiment.

MARIANNE, s'approchant de Christine et confidemment.

Ah! que vous oubliiez ce long ressentiment,

Si vous pouviez savoir de quelle voix touchante,

Quand il dit son amour, il parle et vous enchante!

Oui, par tant de douleurs ces moments expiés,

Ils m'enivrent encore... il était à mes pieds...

Lui, soumis et tremblant, et moi tremblante et fière,

Mes deux mains dans ses mains, ses yeux sur ma paupière.

Il me parla si bas... qu'il me fallut pencher

Mon front jusqu'à son front, que je n'osai toucher,

Il me dit doucement : « Oh! je t'aime, et ma vie

« N'a plus qu'une pensée à toi seule asservie,

« C'est de t'aimer... Oh! viens, je ne suis pas un roi,

« Et je veux cependant perdre un trône pour toi;

« N'éloigne pas ton front... ta main brûle, et je t'aime! »

Il pleurait à mes pieds... moi, je pleurais de même;

J'osai le regarder, son regard me brûla,

J'oubliai...

(Avec effroi.)

Taisons-nous... si mon père était-là!

CHRISTINE, à part.

Le lâche!

MARIANNE.

Ah! sans pitié votre cœur me condamne;

Vous me fuyez.

CHRISTINE, attendri, vivement.

Non... viens, ma fille, viens, Marianne;

Oui, tu fus innocente... il est seul criminel.

LE PÈRE LE BEL, à Marianne.

Un mot qui te mérite un pardon éternel.

CHRISTINE.

Eh! mon père, voyez ce délire funeste;

De ses jours malheureux consolez ce qui reste

Par pitié, s'il se peut, souriez à sa mort.

LE PÈRE LE BEL.

Ma foi pour la sauver n'exige qu'un remord.

Je ne bénirai pas le crime qui s'égare

Dans l'oubli de son Dieu.

CHRISTINE.

C'est la foi d'un barbare.

Viens, enfant, viens... c'est moi, qui te veux consoler;

De lui, puisqu'il le faut, je t'oserai parler.

Oui... tu fus innocente et tu seras heureuse.

MARIANNE.

Oh! que j'entende encor cette voix généreuse!

Vous l'aimez donc aussi?

CHRISTINE.

Moi... je l'aime. . ô grand Dieu!

MARIANNE.

Si vous voulez le voir, il viendra dans ce lieu.

CHRISTINE.

Il viendra, dis-tu?

(A part.)

Non... je le crois... je m'égare.

MARIANNE.

Il viendra... pour le voir il faut que je me pare.

CHRISTINE, à part.

Allons, ornons de fleurs les marches du tombeau.

(A Marianne.)

Eh bien! veux-tu ce voile?

MARIANNE.

Il n'est pas assez beau.

CHRISTINE.

Ce collier?

MARIANNE.

J'en ai là de plus beaux que le vôtre.

CHRISTINE.

Toi? malheur!..

MARIANNE, cherchant à l'entraîner du côté où sont les diamants.

Venez.

LE PÈRE LE BEL.

Dieu les frappe l'un par l'autre.

MARIANNE, même mouvement.

Venez!..

CHRISTINE.

Je ne veux pas les recevoir de toi.

LE PÈRE LE BEL.

Reine, il vous avertit aussi par votre effroi.

Vous pleurez... Dieu sur vous enfin se manifeste.

CHRISTINE.

Je pleure cette enfant.

LE PÈRE LE BEL.

Dans cette mort funeste

Voyez mourir le crime et lisez l'avenir.

CHRISTINE.

J'y vois que le coupable est encore à punir.

LE PÈRE LE BEL.

Quoi! sous la main de Dieu vous rêvez la vengeance!

C'est le Dieu du pardon.

CHRISTINE, lui montrant Marianne.
Voyez son indulgence.
LE PÈRE LE BEL.
Ce cœur a fui sa loi.
CHRISTINE, marchant vers Marianne, qui tient les écrins et les papiers, et les tend à la reine.
De la sers aujourd'hui;
Dieu punit sans pitié, je frappe comme lui.
(Près de Marianne, qui est debout devant la paille.)
Tremble, Monaldeschi! des mains de ta victime
Je reçois ton arrêt mortel et légitime;
Et moi... moi... ta victime aussi par mon affront,
J'accomplirai l'arrêt et briserai ton front.
Malheur! voici le don que leur main te destine,
Donne, enfant... c'est sa mort.
MARIANNE, avec un cri.
Ah! vous êtes Christine!
(Marianne tombe sur la paille; Christine s'empare des diamants, traverse la scène et reste en observation près de la table, ou elle pose l'écrin. Landini s'élance près de Marianne, qu'il examine. Il est à genoux.)
LANDINI.
Maintenant, c'en est fait.
MÉRULA, au père Le Bel.
Donnez-lui le pardon.
LE PÈRE LE BEL.
Dieu seul lit dans les cœurs où manque la raison,
Seul juge leurs péchés et seul peut les absoudre.
Qu'elle soit en ses mains!
MÉRULA.
Malheureuse! Sa foudre
*Le jour de ta naissance eût dû t'anéantir.
(Il s'assied, la tête dans les mains, sur une escabelle près de Landini.)
LE PÈRE LE BEL.
Dieu peut-être en son âme a vu son repentir.
(Il s'éloigne du lit, de façon qu'il est au milieu de la scène.)
CHRISTINE.
Vaste et triste leçon!.. la barbare ignorance,
L'inutile savoir... la froide intolérance,
La folie et la mort... voilà l'humanité!..
Aussi, briser ses lois avec impunité,
Surprendre ses regards, dompter sa calomnie,
Dominer et punir... c'est la loi du génie,
C'est la mienne!
(Elle approche du père Le Bel et lui fait signe d'approcher de même.)
Approchez!
(Bas et vite.)
Je suis seule en ces lieux!
Je remets en vos mains ces objets précieux.
Suivez-moi, profitons de l'effroi qui les trouble
Pour tromper un danger que chaque instant redouble;
Nous pouvons dans une heure être à Fontainebleau.
LE PÈRE LE BEL, bas.
Si la mort avec vous rentre dans ce château,
N'y comptez pas.
CHRISTINE, de même.
La mort... ou le salut peut-être.
Un coupable à vos yeux ce soir y doit paraître;
Mais je jure, mon Dieu, que je le veux laisser
Sur sa vie et sa mort libre de prononcer;
Et, quel que soit l'arrêt, je jure de le suivre.
Priez Dieu qu'il se juge être digne de vivre!
LE PÈRE LE BEL.
Vous tiendrez ce serment?
CHRISTINE.
Il n'en douterait pas...
Venez... sortons.
(Ils sortent doucement par la porte du fond.)

SCÈNE V.

MÉRULA, LANDINI, MARIANNE.

(Marianne couchée sur la paille, Landini à genoux à côté d'elle, Mérula assis sur l'escabelle.)

LANDINI, à Mérula.
Écoute... elle parle tout bas,
Elle prie.
MÉRULA, se levant avec colère.
Elle prie!
(Il s'arrête debout devant Marianne.)
O fille malheureuse!
La mort, jamais la mort ne paraît plus affreuse,
J'ai vu mourir des rois et des guerriers mourir,
Des puissants succomber, des coupables périr;
Mais ils sentaient près d'eux des amis et des larmes.

Là pleuraient des guerriers et là des frères d'armes;
Là le prêtre au coupable arrachait un remords.
Pauvre fille, un brigand prira seul sur ton corps.
Le prêtre impitoyable a déserté ta couche,
Et du pain du salut il a sevré ta bouche.
(Il prend son poignard.)
Eh bien! puisqu'il le veut, sur la croix d'un poignard,
Dans l'espoir d'un pardon, tourne un dernier regard;
Dieu, plus clément que lui, cède à la voix qui prie.
(Il se met à genoux à côté de Marianne, lui soulève la tête, et lui présente la croix de son poignard à baiser.)
Angea!
LANDINI.
Priez pour elle!
MÉRULA.
O divine Marie!
LANDINI.
Priez pour elle!
MÉRULA.
O saints!
LANDINI.
Priez pour elle!
MÉRULA.
Et toi,
Rédempteur des humains, Jésus...
MARIANNE.
Priez pour moi!
MÉRULA, se levant, après avoir laissé retomber la tête de Marianne.
Et que Dieu maintenant t'accueille et te pardonne,
Marianne... et maudit soit celui qui t'abandonne,
Le jour où tu t'aimas, le jour où tu lui plus.
LANDINI, toujours à genoux, observant Marianne.
Sa main froidit... son cœur bat à peine... oui... oui... plus.
(Il se lève.)
Viens, Mérula, partons; elle est morte.

SCÈNE VI.

LANDINI, MÉRULA, CLAIRET, à l'entrée de la grotte.

CLAIRET, entrant.
Elle est morte!
MÉRULA, étonné.
Qui parle?
LANDINI, se peut près de lui.
Vois... tiens... là, debout, près de la porte.
CLAIRET, avançant près du corps de Marianne.
Ils ne m'ont pas trompé.
MÉRULA, le reconnaissant.
Ciel!
CLAIRET, s'arrêtant immobile en regardant le corps de sa fille.
Elle était ici!
LANDINI.
C'est Clairet.
MÉRULA.
C'est Clairet qui la regarde ainsi.
Quoi! lui, qui l'aimait tant, ne pleure ni ne prie!
CLAIRET, toujours immobile, regardant le corps de Marianne.
Elle aurait eu seize ans, vienne Sainte-Marie.
(Il se tourne vers Landini et Mérula, qui sont prêts à sortir. Il paraît calme et ne porte plus les yeux du côté de Marianne.)
Restez... pour aller... là... je vous ai vus prier.
MÉRULA.
C'est un cruel devoir.
CLAIRET.
Ce n'est pas le dernier.
Vous avez enlevé cette fille à son père!
Non pas vous... lui!.. son or...
(Il prend une bourse que Mérula refuse.)
Voici de l'or... j'espère
Que ceux qui pour son âme imploraient le pardon
Ne voudront pas laisser ce corps à l'abandon.
MÉRULA.
Ce roc n'est pas si nu qu'il n'ait six pieds de terre.
CLAIRET.
Oui... là!.. dans quelque endroit secret et solitaire.
LANDINI, à Mérula.
Oseras-tu?
MÉRULA.
J'irai, dussé-je voir le mien
De lui-même à mes yeux se creuser près du sien.
Viens, viens...
(Il va pour sortir.)
Pauvre Marianne, adieu!
CLAIRET, éclatant.
Non pas Marianne,

Ne nommez pas ainsi ce corps froid...

(Avec douleur.)

Qui profane

Ce nom que j'aimais tant! ne dites pas ce nom:
Marianne était ma fille avant son abandon;
Celle-ci, c'est...

MÉRULA, l'interrompant.

Silence !.. on va creuser sa tombe!

Le père qui maudit l'enfant vivant qui tombe
Se repent bien souvent... mais Dieu voue au remord
Le père sans pitié qui maudit l'enfant mort.

(Il sort avec Landini.)

SCÈNE VII.

CLAIRET, seul.

Le remords !.. un remords me brûle et me dévore,
Il a séché mes pleurs et les consume encore.

(Il se tourne vers Marianne.)

Marianne... mon enfant... devant ton corps glacé
Comme un froid étranger ton vieux père a passé.
Il n'était plus ton père !..

(Il s'approche.)

O ma fille outragée,

Je reviendrai pleurer quand tu seras vengée !
L'étranger qui passait sera ton père alors.

(Il se baisse et prend le poignard.)

Quand j'ai vu ce poignard déposé sur ton corps,
Seul gage de salut qui restât à ton âme,
Un nom écrit en sang a brillé sur sa lame,
La foudre a fait bruire un nom comme un tocsin,
Et ma douleur brisée est restée en mon sein.
Demain je reviendrai...

(Il lève le poignard.)

Mais, ô ma fille aimée!

Lorsque je placerai sur ta tombe fermée
Ce fer froid où ce soir brillent tes pleurs glacés,
La lame sera tiède et les pleurs effacés.

(Il cache le poignard dans son sein, met un genou en terre et embrasse sa fille. — Il se lève.)

Dors... dors... la mort n'est pas le plus mauvais partage!
Jeune enfant qu'attendait un si riche héritage,
Tu ne peux rien prétendre à présent qu'un linceul.

(Il détache son manteau et l'en couvre.)

Je ne te verrai plus... adieu !.. me voilà seul !

(Mérula et Landini paraissent dans le fond, et posent une bêche et une pioche près du mur.)

MÉRULA, de loin.

Clairet !.. Clairet !..

CLAIRET, sans se retourner.

Oui... oui... prenez-la, c'est la vôtre;

Votre victime est prête .. et je vais chercher l'autre.

(Il sort. — Landini et Mérula enlèvent Marianne.)

ACTE CINQUIÈME

Même décoration qu'aux premier et troisième actes.

SCÈNE PREMIÈRE.

SUÉNON, CHARNACE, GARDES, au fond.

CHARNACE, seul, pendant les quatre premiers vers.

Ces gardes sont de trop, il est bon que j'y pense;
De ce poste, Messieurs, ce soir on vous dispense.

(Ils sortent.)

Bien... Suénon n'est pas un si hardi galant
Qu'il n'ait pour les détails besoin de mon talent.

(Suénon entre par la porte de la reine.)

Ah! la reine est rentrée.

SUÉNON.

Oui; mais non pas chez elle.

CHARNACE.

Quoi !

SUÉNON.

De Santinelli voulant payer le zèle,

Elle l'a fait mander dans le salon du roi.

CHARNACE.

Ce gueux pour un écu nous tuerait tous, je crois
Elle le sait.

SUÉNON.

Fanchon aussi vient de m'apprendre

Qu'un vieux religieux près d'elle va se rendre.

CHARNACE.

Ah! la Fanchon s'est donc laissée interroger?
Mais tout marche à ravir, si j'en sais bien juger...
La Fanchon remettra ton billet à la reine,
Qu'as-tu donc?

SUÉNON.

La démarche où mon amour m'entraîne

M'épouvante.

CHARNACE.

En amour les sages sont les fous.

On ne demande pas, on prend un rendez-vous.
D'ailleurs, tu ne peux plus supporter ta souffrance:
Tu quittes cette nuit et Christine et la France;
Mais avant de la fuir pour ne plus la revoir,
Un amour invincible, ou plutôt ton devoir,
T'ordonne de venir en serviteur fidèle
Jurer à ses genoux que tu mourras loin d'elle !
Le billet est charmant, le succès non douteux,
Si ton courage tient encore une heure ou deux.

SUÉNON.

Conçois-tu son courroux, quand Christine va lire
Ce billet insensé qu'a dicté mon délire?

CHARNACE.

Tu ne seras pas là lorsqu'elle le lira.

SUÉNON.

Que dira-t-elle? ô ciel!

CHARNACE.

Eh bien! elle dira

Ce que je dis aussi, ce que tu viens de dire,
Que c'est l'amour d'un fou poussé jusqu'au délire.

SUÉNON.

Certes, l'amour d'un fou; pourtant ce n'est pas lui
Dont Christine entendra le langage aujourd'hui.
Je lui viens reprocher sa longue perfidie.

CHARNACE.

Perfidie, ou plutôt cruauté. La Gardie...

SUÉNON.

Je lui viens demander compte de mon bonheur.

CHARNACE.

Toi ?

SUÉNON.

Quand je subissais son charme suborneur,

Quand Christine à ses pieds laissait ramper ma vie,
A l'amour d'un infâme elle était asservie.

CHARNACE.

Tu perds l'esprit, je crois, ou bien jusqu'à ce soir
Tu l'avais donc perdu ?

SUÉNON.

J'ai tout vu sans rien voir !

Aux signes trop certains de sa blâche faiblesse,
De son nom, de son rang, j'opposais la noblesse;
Toi-même, Charnace, souviens-toi, ce matin,
Quand, la parole fière et le regard hautain,
Elle brisait ce flot d'une clameur rebelle,
Rappelle-toi combien elle était grande et belle;
Et, sans te la montrer ce qu'elle est à mes yeux,
Souviens-toi ses exploits, son règne glorieux,
Cet esprit souverain plus haut que sa puissance,
Son sublime abandon de la toute-puissance,
Et tu m'excuseras de ne comprendre pas
Qu'une si noble vie ait pu tomber si bas.

CHARNACE.

Toujours l'amour d'un fou poussé jusqu'au délire;
Mais l'affaire est liée à ne pas s'en dédire,
Le rendez-vous bien pris.

SUÉNON.

J'y viendrai; mais, crois-moi,

Je ne mentirai plus à ce que je me dois.

CHARNACE.

Mais ce que tu lui dois n'est pas un sot reproche;
Puis, je le vois d'ici pâlir à son approche.
Tu feras bien assez d'être un peu moins troublé
Si tu veux...

SUÉNON.

Charnace!

CHARNACE.

Soit... essayons la clé.

Je vais faire le guet.

(Il va à porte du fond. Suénon ouvre la porte secrète.)

SUÉNON.

C'est ouvert.

CHARNACE.

A merveille;

Descends, et maintenant attends que tout sommeille.

Au pied de l'escalier, dans le couloir qui suit,
Est la chambre où tu dois rester jusqu'à minuit.

(Il accourt du fond de la scène et éteint les bougies.)

Diable !

SUÉNON, prêt à sortir.

Que fais-tu donc ?

CHARNACÉ.

Je conjure un orage.
Là-bas le vieux Clairet arrive plein de rage ;
Il a sur moi parolé été voir Saint-Aubin.

SUÉNON.

Quoi ! par ce temps ?

CHARNACÉ.

Oui, l'eau tombe à donner un bain,
Des pieds jusqu'à la tête, au géant Polyphème ;
L'orage du bonhomme éclatera de même.
Bonsoir.

(Suénon entre dans l'escalier secret ; Charnacé s'échappe de Clairet pendant qu'il entre.)

SCÈNE II.

CLAIRET, seul, harassé de fatigue et dans un sombre accablement.

Il n'était pas dans son appartement...

(Désignant l'appartement de la reine.)

Point de gardes... Allons ; il est là sûrement.
Il fait humide et froid dans ces vastes demeures,
Et peut-être il faudra l'attendre plusieurs heures !
Je connais sa démarche et le bruit de ses pas ;

(Il s'assied et se lève presque au même instant.)

Reposons jusque tant qu'il vienne... Il ne vient pas !
Brisé par la fatigue et tout ce qui me frappe,
Je sens que ma pensée à chaque instant m'échappe ;
Mon but seul s'en empare, et, seul fixe et constant,
S'attache à vingt projets que j'oublie à l'instant.
D'abord... ce n'est pas là que je devais l'attendre,
Le moindre cri d'ici là-bas se fait entendre.
Je suis las, je suis vieux ; il est jeune, il est fort ;
On peut le secourir s'il faut plus d'un effort.
Rappelons-nous pourtant... ce projet était sage :
Je devais quelque part m'asseoir sur son passage,
J'avais choisi le lieu... n'allons pas l'oublier.
Oui... oui... j'irai m'asseoir au pied de l'escalier.

(Il va vers la porte de la reine.)

Non là... je me perds... l'escalier est à gauche,
C'est bien... il va passer tout faible de débauche,
Désarmé... confiant... comme on sort du plaisir ;
C'est bien là le moment si je sais le saisir.

(Il sort par la porte secrète.)

SCÈNE III.

CHARNACÉ, SANTINELLI, SIX HOMMES, dont deux placent les torches, qu'ils mettent dans les porte-flambeaux du fond.

CHARNACÉ, au fond.

Vous vous en trouverez mal.

SANTINELLI.

Cela me regarde.

CHARNACÉ.

Dans cette galerie on ne mettra de garde
Qu'autant qu'il me plaira, pas plus qu'en ce salon.

SANTINELLI.

J'en mettrai cependant, si vous le trouvez bon.

CHARNACÉ.

Par quel ordre, Monsieur ?

SANTINELLI.

Par ordre de la reine.

CHARNACÉ.

Dans quel but ?

SANTINELLI.

Si le vôtre est que je vous l'apprenne,
Vous ne visez pas droit.

CHARNACÉ.

Vous faites l'insolent.

SANTINELLI.

Insolent ?... moi... je laisse à chacun son talent.

CHARNACÉ.

Épargne donc ton sang, puisque l'on te le paie.

SANTINELLI.

Bon pour les sots, qu'un fat paye en fausse monnaie.

CHARNACÉ, lui mettant la dague sous la gorge.

Je te clouerai les mots et la langue au palais
Si tu ne te tais pas.

SANTINELLI, lui saisissant la main.

Oui ; mais si je me tais,

Soutiendrez-vous plus tard cette fière bravade ?

CHARNACÉ.

En seras-tu plus laid... pour un coup d'estocade ?

SANTINELLI.

Vous avez, je le sais, la main ferme et l'œil sûr ;
Si vous voulez, demain, derrière le grand mur,
L'honneur sera pour moi.

CHARNACÉ.

J'y joindrai quelque chose.

(A part.)

De sa présence ici je veux savoir la cause.
Allons chez le marquis... Ce masque d'assassin
Dénote assurément quelque mauvais dessein.

(A Santinelli.)

A demain !

SANTINELLI.

A demain !

CHARNACÉ.

Et toi, d'ici là... tâche
De ne pas au bourreau faire passer ma tâche ;
Quelque exploit pourrait bien m'en donner les regrets.

SANTINELLI.

C'est peut-être un moyen de nous voir de plus près.

CHARNACÉ.

De près comme de loin songe que je t'observe.
On en pend de meilleurs.

(Il sort.)

SANTINELLI.

Que l'exemple vous serve.

SCÈNE IV.

SANTINELLI, LES GARDES.

SANTINELLI, à l'un d'eux.

A la reine as-tu dit que je l'attends ici ?

LE GARDE.

Oui, capitaine.

SANTINELLI.

Encor ! je croyais, Dieu merci !
T'avoir appris ce soir d'une façon certaine
Que le temps est passé du nom de capitaine ?

LE GARDE.

Hélas ! oui, capitaine.

SANTINELLI.

Eh non ! maître impoli,
Dis donc... oui, Monseigneur, comte Santinelli.

LE GARDE.

Monseigneur capitaine.

SANTINELLI.

Allons, il extravague.
Voici la reine.

SCÈNE V.

SANTINELLI, CHRISTINE, LE PÈRE LE BEL, portant les papiers et l'écrin.

CHRISTINE, bas à Santinelli.

Eh bien !

SANTINELLI, montrant les gardes.

Six hommes, dont pas un,
Pour les trente louis qu'ils vont gagner chacun,
Ne craindrait d'attaquer, seul, trois hommes en face.

CHRISTINE.

Clairet vient-il ?

SANTINELLI.

Clairet... je crains qu'il ne se fasse
Attendre bien longtemps.

CHRISTINE.

N'est-il pas averti ?

SANTINELLI.

Non, du château ce soir il est, dit-on, sorti,
Et personne depuis ne l'a revu.

CHRISTINE.

N'importe !
Soyez prêts.

SANTINELLI.

Il suffit...

(Aux gardes.)

Chacun connaît sa porte ?
Allez.

(Ils sortent par les diverses portes de l'appartement.)

LE PÈRE LE BEL.

Pour arrêter cet odieux courroux,

J'ai prié, pleuré même, embrassé vos genoux ;
Mais cette âme implacable est sourde à la prière.
Par cette gloire alors dont vous êtes si fière,
Par ce nom de Christine aujourd'hui si vanté,
J'ai parlé d'indulgence à Votre Majesté ;
La gloire de Christine ignore l'indulgence,
Sa gloire fait servir le meurtre à la vengeance.

CHRISTINE.

J'en veux mieux, mon père, et crois en prendre soin
Lorsqu'à mes actions je donne un sûr témoin ;
Je crois la suivre encor quand en cœur qu'on offense,
Sûr que la vérité suffit à une défense,
Choisit pour ce témoin un serviteur du ciel,
Pour qu'il la dise un jour sans faiblesse et sans fiel.
Vous n'êtes pas d'un monde à qui l'usage impose ;
Cent juges assemblés respecteraient la cause
Du marquis, beaucoup moins que ne fait le serment
Que vous avez de moi. Si le marquis dément
L'arrêt qu'il a lui seul prononcé sur lui-même,
Il est sauvé. Sinon, ma justice suprême
Le frappera selon qu'il se sera jugé.

LE PÈRE LE BEL.

Dans un piège de mort vous l'avez engagé.

CHRISTINE.

Mon père, je l'entends qui vient sur mon message
Avec Santinelli : restez dans ce passage ;
Vous entendrez de là mes discours et les siens ;
Vous avez mes serments, jugez si je tais tiens.

(A Santinelli.)

Toi, prends ceci.

(Santinelli prend l'écrin et les papiers, et sort avec le père Le Bel par la porte
de la reine.)

SCÈNE VI.

CHRISTINE, MONALDESCHI.

CHRISTINE.

C'est lui...

(Elle s'assoit à côté de la table.)

MONALDESCHI, observant dans la pièce du fond, et entrant.

Personne... ici personne !
Je vois que sans raison Charnacé la soupçonne.

CHRISTINE.

Marquis, approchez-vous. J'ai besoin d'un conseil ;
Mais vous en demander sur un sujet pareil,
C'est croire en votre cœur un dévoûment capable
D'oublier tous les torts dont Christine est coupable.

MONALDESCHI.

Ce dévoûment, Madame, est ce qu'il faut toujours,
Périssable par vous, si périssent mes jours ;
Mais tant que je vivrai plus fort qu'une injustice.

CHRISTINE.

Mais au lieu d'un conseil... si c'était un service
Que je veux, de ce cœur que j'ai tant offensé ?

MONALDESCHI.

C'est en doutant de lui que vous l'avez blessé.

CHRISTINE.

Eh bien ! donc, puisqu'il faut malgré moi que j'insiste
A vous entretenir d'une affaire si triste,
Sachez que du forfait on m'a nommé l'auteur,
Ce soir.

MONALDESCHI, avec surprise.

A vous, Madame ?

CHRISTINE.

Oui, mais le délateur
A quelques officiers l'ayant appris de même...

MONALDESCHI.

Eh bien !...

CHRISTINE.

Plusieurs d'entre eux, que j'estime et que j'aime,
Après l'éclat fâcheux de votre jugement,
A le juger aussi prétendent hautement.
Puis-je les refuser ?

MONALDESCHI.

Et que dit le coupable ?

CHRISTINE.

Croyant ce tribunal de faiblesse incapable,
Il la réclame aussi.

MONALDESCHI.

Ce coupable est ?

CHRISTINE.

Clairet.

MONALDESCHI.

Clairet !

CHRISTINE.

A le sauver je mets quelque intérêt.

MONALDESCHI.

Vous le voulez sauver...

CHRISTINE.

N'y voyez pas d'offense,
C'est contre votre arrêt que je prends sa défense,
Il y va de la mort.

MONALDESCHI.

Vous l'acceptez pour moi.

CHRISTINE.

Je puis être pour lui calme comme la loi.

MONALDESCHI.

Et de ce jugement il veut tenter la chance ?

CHRISTINE.

Il le veut sans délai.

MONALDESCHI, à part.

Lui... Clairet... Sa vengeance
Me tendrait-elle un piége ?... Il en faut mieux juger.

(A Christine.)

Et que puis-je pour vous ?

CHRISTINE.

C'est beaucoup exiger,
Mais d'un cœur généreux on peut beaucoup attendre :
Voyez mes officiers, et faites-leur entendre
Que, bien qu'il soit coupable, on ne peut sans remord
Envoyer pour ce crime un vieillard à la mort.

MONALDESCHI.

Clairet ne craint-il pas un arrêt si sévère ?

CHRISTINE.

Il en sait le danger, mais il y persévère.
Qu'on me traîne, a-t-il dit, devant ce tribunal,
Qu'on se hâte.

MONALDESCHI, à part.

A coup sûr, c'est dans un but fatal.

CHRISTINE, à part.

M'aurait-il devinée ?

MONALDESCHI, à part.

Il n'y doit point paraître,
Il m'y perdrait sans doute.

CHRISTINE, à part.

Il m'échappe peut-être.

(A Monaldeschi.)

Monaldeschi !

MONALDESCHI.

Madame ?..

CHRISTINE.

Eh bien ! qu'en pensez-vous ?

MONALDESCHI.

Mais, qu'il faut autrement le sauver, entre nous.

CHRISTINE.

Je ne puis à mes gens enlever cette affaire.

MONALDESCHI.

Sans doute, et ce serait une injure leur faire ;
Mais on peut enlever Clairet au jugement.

CHRISTINE.

Comment donc ?

MONALDESCHI.

Que Clairet parte secrètement,
Sinon vous le perdez pour peu que l'on écoute
La justice envers lui...

CHRISTINE, avec anxiété.

C'est votre avis, sans doute ?

MONALDESCHI.

Il ne doit pas compter sur son obscurité
Pour fuir un châtiment que j'aurais mérité
Plus que lui, par mon rang, pour ce forfait infâme.

CHRISTINE, avec anxiété.

Et ce serait ?...

MONALDESCHI.

La mort.

CHRISTINE, avec un rire amer.

La mort !

MONALDESCHI, étonné.

La mort, Madame.

CHRISTINE, frappant avec violence sur la table ; Santinelli, le Père le Bel et
les gardes paraissent.

Il mérite la mort, vous l'avez entendu.

SCÈNE VII.

CHRISTINE, MONALDESCHI, SANTINELLI, LE PÈRE LE BEL,
LES GARDES.

MONALDESCHI, *regardant autour de lui et voyant toutes les issues gardées.*
Que vois-je?.. là... partout... partout... perdu!..

LE PÈRE LE BEL.
Perdu !

CHRISTINE.
Je ne veux pas d'un coup tuer le corps et l'âme,
Écoutez-le.

LE PÈRE LE BEL.
De grâce.

CHRISTINE.
Écoutez-le.

LE PÈRE LE BEL.
Madame,
Vous répondrez à Dieu du sang qu'il va couler.

MONALDESCHI.
Mon père, laissez-moi... laissez-moi lui parler.

CHRISTINE.
Quand minuit sonnera... profitez-en, mon père.

MONALDESCHI.
Christine... non... jamais!

CHRISTINE.
C'est assez, je l'espère.

MONALDESCHI.
Christine... non, Christine... on t'égare; mais moi,
Moi, je suis innocent... et... jamais nulle loi
N'a prononcé la mort... la mort pour un tel crime!
Ne crois pas que mon cœur dans cet écrit s'exprime;
C'est un jour de démence... un exécrable jour;
Mais ce cœur, qui t'aimait, te gardait son amour;
Ce cœur, pour qui le tien veut une mort si prompte,
Oui, je t'aimais... je t'aime.

CHRISTINE.
Ah! que tu me fais honte!

MONALDESCHI.
Ce n'est pas mon arrêt qui cause ma stupeur.
Mourir... Ah! ce n'est pas mourir qui me fait peur,
Non!... mais là... seul... sitôt... sans prévoir ma sentence,
Sans avoir pris courage à perdre l'existence,
Sans rien... Christine... non... si tu veux mon trépas,
Demain je serai prêt... ce soir je ne puis pas.

CHRISTINE.
Mon père, soutenez cette indigne faiblesse.

MONALDESCHI.
Christine !..

CHRISTINE.
Ne perds pas le temps que je te laisse.

MONALDESCHI.
Christine, eh bien! encore... écoute... cette fois,
Ce n'est plus pour moi seul que t'implore ma voix;
Un jour... un jour encor si je demande à vivre,
C'est qu'une autre au tombeau, si je meurs, va me suivre.
Eh bien! je l'avoûrai, j'ai trahi ton amour;
Mais celle que je trahis a perdue sans retour,
De mes crimes jamais... jamais ne fut complice.
Laisse-moi préparer son âme à mon supplice;
Qu'à sa vie en mourant j'assure de longs jours,
Une heure, une heure encor pour la perdre à toujours!
J'ai mérité le mort où ton cœur me condamne,
Mais elle, tu l'aimais, tu la plaindras...

CHRISTINE.
Marianne?

MONALDESCHI, *presque à genoux.*
Eh bien! oui, sur son sort que je sais rassuré,
Et je mourrai tranquille, et je te bénirai.

CHRISTINE.
Calme donc ces frayeurs où tant d'amour l'emporta;
Allons, Monaldeschi... du courage... elle est morte.

MONALDESCHI, *se relevant, et avec rage.*
Tu l'as assassinée!..

CHRISTINE.
Infâme, ce forfait
T'appartient.

MONALDESCHI.
Non, Christine, il te sert, tu l'as fait.

CHRISTINE.
Arrête !...

MONALDESCHI.
Il n'est plus temps... toute crainte est brisée;
Toi, tu peux me punir de t'avoir méprisée.

CHRISTINE.
L'heure peut se hâter.

MONALDESCHI.
Christine, écoute-moi;
Tes bourreaux sont plus loin de moi que moi de toi.
Entends donc ton arrêt, et qu'eux aussi l'entendent;
A l'enfermer ici très soins en vain prétendent,
Une fois prononcé, tout le fera parler :
Ce plancher, qui boira le sang qui va couler;
Les débris des poignards cloués dans les murailles;
Ce corps, dans le cercueil jeté sans funérailles;
Ces bourreaux dont tu n'as acheté que le fer;
L'un qui te redira pour se vendre plus cher,
L'autre autour d'un foyer pour amuser des femmes;
Toi-même on t'entendra, quand tes crimes infâmes
Brûleront ton sommeil sur ta couche de mort,
La dire avec des cris... la nuit... comme un remord.
Écoute donc, Christine... écoutez tous ensemble;
Tu détournes en vain ton front pâle qui tremble,
Tes yeux, ta rage en pleurs m'évitent vainement.

CHRISTINE.
Je regarde combien l'heure va lentement.

MONALDESCHI.
Marianne est morte... eh bien ! c'est toi qui l'as tuée;
A d'infâmes plaisirs reine prostituée,
La débauche est ta vie, et le meurtre te suit.
Le poison, le poignard sont tes armes.

CHRISTINE, *montrant l'heure du doigt.*
Minuit !

(*Elle sort. Santinelli, à ce geste, s'approche doucement de Monaldeschi, et le frappe d'un poignard qui se brise.*)

SCÈNE VIII.

LE PÈRE LE BEL, SANTINELLI, MONALDESCHI, LES GARDES, CHARNACÉ, *dont on entend la voix en dehors.*

SANTINELLI, *jetant son poignard avec colère.*
Malheur! c'était pourtant ma lame florentine.

MONALDESCHI, *montrant sa cuirasse.*
Tu vois, Santinelli... je connaissais Christine.
A nous deux.

SANTINELLI, *aux gardes.*
A nous tous.

(*Ici une lutte s'engage. Monaldeschi, l'épée et la dague à la main, se fait jour à travers les assassins et fuit dans la galerie; le père Le Bel court avec Santinelli vers la porte du fond.*)

LE PÈRE LE BEL, *regardant dans la galerie par une des fenêtres.*
Il s'échappe, il combat.

SANTINELLI, *arrêtant le père Le Bel, qui veut sortir.*
Restez...

LE PÈRE LE BEL.
Il est sauvé.

SANTINELLI, *regardant de même.*
Rien, rien, il au débat.

CHARNACÉ, *en dehors.*
Ouvrez, ouvrez...

LE PÈRE LE BEL.
On vient, et ta rage est trompée.

SANTINELLI.
Le voilà sans défense.

MONALDESCHI, *en dehors.*
Une épée ! une épée !

LE PÈRE LE BEL, *avec horreur, et se reculant de la fenêtre.*
Il revient tout sanglant.

SANTINELLI.
Fuite, efforts superflus.

MONALDESCHI, *en dehors.*
Ah !

CHARNACÉ, *frappant violemment à une porte éloignée.*
Ouvrez!

LE PÈRE LE BEL.
On l'entend.

SANTINELLI.
On ne l'entendra plus.

(*Santinelli sort par la porte du milieu; Charnacé entre dans la galerie, et, au moment où Monaldeschi paraît, il se place entre lui et les assassins, de manière que Monaldeschi pénètre seul avec Charnacé.*)

MONALDESCHI, *dehors.*
Christine!

CHARNACÉ, *s'élançant contre les assassins, et protégeant l'entrée de Monaldeschi.*
A moi!

MONALDESCHI, *entrant, et tombant dans les bras du père Le Bel.*
Christine!

CHARNACÉ, *entre et ferme la porte; il la tient avec force, tandis que les assassins tentent de la forcer.*
Allez, je tiens la porte.

LE PÈRE LE BEL.

Où fuir ?

(Monaldeschi se traîne avec effort du côté de la porte de la reine. Le père Le Bel l'arrête.)

Christine est là !

CHARNACÉ.

Je n'en puis plus, qu'il sorte.

(Désignant la porte secrète.)

Par là... là

MONALDESCHI, au père Le Bel, lui montrant la porte secrète.

Venez donc, et que mon sang versé
Dise comment j'y passe et comment j'y passai.

(à peine est-il sorti, que l'on force la porte que tient Charnacé.)

LE PÈRE LE BEL.

Il est sauvé.

SANTINELLI, qui a brisé l'une des fenêtres.

Malheur ! courez par la poterne,
Par la cour, par le bois.

(Les assassins sortent.)

CHARNACÉ, courant après eux.

A moi donc !

SANTINELLI.

Qu'on le cerne !

LE PÈRE LE BEL, s'élançant vers Santinelli.

Tu passeras avant sur ce corps désarmé.

(Ils sortent en tumulte en emportant les flambeaux.)

SCÈNE IX.

MONALDESCHI, seul, rentrant dans l'obscurité par la porte secrète, et arrachant un poignard de sa poitrine.

C'est un cercle de meurtre où je suis enfermé...
C'est assez... c'est assez... au secours !... qu'on m'achève.

(Il tombe sur un canapé.)

SCÈNE X.

MONALDESCHI, CLAIRET, CHRISTINE, ensuite.

CLAIRET, entrant avec lenteur.

J'en suis sûr, j'ai frappé... ce n'était plus ce rêve
Où des ombres de feu s'agitaient sur le mur.
Non, un homme a passé ; j'ai frappé, j'en suis sûr.

CHRISTINE, entr'ouvrant sa porte.

Combien soudainement Dieu venge ta victime !
Ah ! ce billet... au cœur m'a frappé de mon crime.
Suénon va venir... malheureuse !... en lisant,
J'ai vu Monaldeschi sur la terre gisant
Se dresser entre nous, pâle, sanglant, terrible.
Éloignons Suénon... appelons... Nuit horrible !
Dans ce silence mort ma voix me fait trembler ;
Si des cris répondraient quand je vais appeler...
Mais si Suénon vient... s'il vient, si son pied glisse
Dans le sang... il saura quel sang et quel supplice...
Cherchons Santinelli... marchons... Je n'ose pas...
Si je heurtais... j'ai peur... j'ai peur.

CLAIRET.

J'entends des pas.

CHRISTINE.

On vient... Dieu !

CLAIRET.

Qui va là ?

CHRISTINE.

C'est Clairet !

CLAIRET.

C'est la reine !

CHRISTINE.

Partout où le sang coule un instinct sûr l'entraîne !
Que viens-tu faire ici ?

CLAIRET.

Tenir votre serment,

Me venger.

CHRISTINE.

Ah ! tu l'es...

CLAIRET.

Peut-être...

CHRISTINE.

Sûrement...

CLAIRET.

Je n'ai frappé qu'un coup, et j'ai frappé dans l'ombre.

CHRISTINE.

Ici ?

CLAIRET.

Tout près d'ici ; dans cet escalier sombre.

CHRISTINE, avec un cri.

Assassin, qu'as-tu fait ?

CLAIRET.

J'en connais le péril.

CHRISTINE.

Qui donc as-tu frappé ?

CLAIRET.

Je ne sais.

CHRISTINE.

Quel est-il ?

Il venait ?...

CLAIRET.

Je ne sais.

CHRISTINE.

Sortait-il ?

CLAIRET.

Que m'importe !

L'homme qui peut ta nuit passer par cette porte,
Vous l'aimez... j'ai tué l'homme que vous aimez.

CHRISTINE.

Sous mes pas... par tes mains les meurtres sont semés.

CLAIRET.

J'ai tué le marquis... pour moi.

CHRISTINE.

Monstre exécrable !

Ce n'est pas lui.

CLAIRET.

Qui donc ?

CHRISTINE.

Suénon !...

CLAIRET.

Misérable !

Qu'ai-je fait ?

CHRISTINE.

Il n'est plus !...

CLAIRET

Détestable hasard !

CHRISTINE.

Il meurt ! il meurt !

CLAIRET.

Et moi, j'ai perdu mon poignard !

CHRISTINE, courant vers la porte du fond.

Qu'on le sauve ! au secours !

CLAIRET, l'arrêtant violemment.

C'est moi perdre ; silence !
Je crains peu que Christine entre nous deux balance,
C'est le fils de Magnus.

CHRISTINE.

Je me sens défaillir.

CLAIRET.

Ah ! surmontez l'effroi qui vous vient assaillir,
Dans votre appartement des flambeaux doivent être,
J'y cours et je reviens.

CHRISTINE.

Je le verrai !...

CLAIRET.

Peut-être.

Et si c'est Suénon qu'a frappé mon poignard,
Nous le secourrons.

CHRISTINE.

Dieu !

CLAIRET.

Mais s'il était trop tard
Pour le sauver, alors sur ce meurtre exécrable
Nous jetterons tous deux un voile impénétrable.

(Il sort.)

SCÈNE XI.

CHRISTINE, MONALDESCHI, mourant.

CHRISTINE.

Ah ! je n'aurais pas cru que l'on pût tant souffrir
Sans succomber... Le lâche ! il tremblait de mourir.
Mourir c'est un instant de supplice... mais vivre,
C'est subir ta remords armé pour nous poursuivre,
Armé de sang, de cris, de silence et de nuit,
Armé de peur enfin... tel... tel qu'il me poursuit.

(Elle marche en disant ces vers et touche le corps de Monaldeschi, elle recule épouvantée.)

Dieu ! là... là... j'ai senti... c'est Suénon sans doute ;

(Elle essuie sa main avec effroi.)

Sans doute c'est le sien... approchons... plus : j'écoute.
Il respire... c'est lui.

(Elle s'approche de sa porte.)

Malheureux Suénon !

Clairet, accours, accours, c'est lui.

(Elle revient près de lui et lui soulève la tête.)

Malheureux !

(Elle le laisse retomber et fait épouvantée.)

Non,

Il n'a frappé qu'un coup, je sens plusieurs blessures.

SCÈNE XII.

LES MÊMES, SUÉNON.

SUÉNON, *entrant avec précaution par la porte secrète.*

Bien... la nuit m'a prêté ses ombres les plus sûres.

CHRISTINE, *dans une sorte de délire.*

Non, c'est Monaldeschi !

SUÉNON.

J'entends des pas douteux.

CHRISTINE.

Tous deux sont-ils tombés, et suis-je entre tous deux ?
Clairet ne revient pas, je suis seule, je tremble !

SUÉNON.

C'est Christine, approchons.

CHRISTINE.

S'ils se levaient ensemble ?

SUÉNON.

Christine...

CHRISTINE.

Les voilà !

SUÉNON.

C'est moi... c'est Suénon !

CHRISTINE.

Monaldeschi vient-il ?

SUÉNON.

Eh ! Madame, ce nom
Vous poursuit-il partout d'un souvenir si tendre
Que pour adieu dernier il me faille l'entendre ?

CHRISTINE, *revenant à elle.*

Ah ! oui, je me souviens... c'est vous... vous me quittez,
Vous me l'avez écrit... eh bien !... partez... partez.

SUÉNON.

Christine, et voilà donc le prix de ma constance
A jeter à tes pieds toute mon existence !
Je t'aimais d'un amour où tu n'as pas de foi ;
T'aimer était ma vie et te servir ma loi ;
Mais tu n'as pas compris, dans cet amour servile,
Qu'en pliant tout ce cœur aux soins d'une âme vile,
Je faisais plus pour toi que de te conquérir
Ce trône que tu veux et que je viens t'offrir.

CHRISTINE.

J'y renonce... partez... fuyez, partez sur l'heure !

SUÉNON.

Christine, le crois-tu ? c'est Suénon qui pleure !
Jamais ce cœur pour toi si bas ne n'est surpris,
Je n'ai plus le pouvoir de sentir tes mépris.
Je t'aime, et cet amour assez longtemps...

(Ici Monaldeschi se soulève.)

CHRISTINE.

Silence !

N'as-tu rien entendu ?

SUÉNON.

Sens ce cœur qui s'élance

Et brûle sous ta main.

CHRISTINE.

Ne touche pas ma main,

Elle te tacherait de sang.

SUÉNON.

De sang !

CHRISTINE.

Demain

Sois parti pour jamais... ne cherche pas ma vue ;
Va, va-t'en, Suénon, ta présence me tue.

SUÉNON.

Explique-toi, Christine.

CHRISTINE.

Ah ! que veux-tu savoir ?

SUÉNON.

On vient... qui vient ici ?

CHRISTINE.

Tu ne dois pas le voir.
Suénon, pars, va-t'en !... déjà ce lieu s'éclaire.
Je te l'ordonne, sors !

SUÉNON.

Je comprends sa colère ;

C'est donc Monaldeschi... sur lui je me suis tu,
Mais qu'il vienne !

(Suénon s'élance vers la porte à laquelle paraît Clairet avec une torche ; Monaldeschi s'est traîné, en s'appuyant sur les murs jusqu'à cette porte, et se trouve face à face avec Suénon.)

CHRISTINE.

Malheur !

SCÈNE XIII.

LES MÊMES, CLAIRET.

MONALDESCHI.

Suénon, où vas-tu ?

SUÉNON, *avec horreur.*

Ah ! Christine !...

CHRISTINE, *tombant sur un fauteuil.*

Non, non.

CLAIRET.

C'était lui.

MONALDESCHI.

Tiens, achève ;

Il en reste bien peu maintenant pour ton glaive.

SUÉNON.

Dieu !

MONALDESCHI.

Frappe ! leurs poignards sans doute sont usés.
La fièvre bat partout sur mes membres brisés.

(Il aperçoit Christine.)

Ah ! Christine... c'est toi... l'amour qui te dévore
Te fait trop hâter... non, Christine... pas encore.

SUÉNON, *cachant sa tête dans ses mains.*

Qu'ai-je vu ?

CLAIRET.

Par le sang des crimes expiés.

MONALDESCHI, *se traînant vers Christine.*

Christine... Suénon doit te plaire à tes pieds ;
Que d'un pareil amour tu dois t'être applaudie !
Et tu l'adores, toi, comte de La Gardie !
Fier du nom de ton père, et jaloux de garder
Ce nom pur et sans tache, ose la regarder :
Elle l'empoisonna !

SUÉNON, *s'élançant vers Christine.*

Christine...

CHRISTINE, *avec des sanglots.*

Nuit affreuse !

SUÉNON.

Ce n'est pas vrai, réponds, Christine !

CHRISTINE, *se cachant la tête dans ses mains.*

Malheureuse !

Dis que ce n'est pas vrai, parle !

MONALDESCHI, *près de Christine et écartant ses mains de son visage.*

Regarde là !

SUÉNON, *à Monaldeschi.*

Tu mens, Monaldeschi.

MONALDESCHI.

Regarde... me voilà !...

Oui, Suénon, ce front où ton âme est si belle,
Ces bras faits pour le fer et que la guerre appelle,
Ce cœur qui bat si haut... vous ne qu'ils en feront,
Le poignard s'écrira sur ce bras, sur ce front,
Il glacera ce cœur... voilà ce qu'on t'estima...

(A Christine.)

C'est encor là, Christine, une belle victime !

CHRISTINE.

Ah ! je meurs.

SUÉNON, *voulant s'éloigner.*

Dieu !

MONALDESCHI, *l'arrêtant.*

Non, viens... viens... pour cet avenir ;

Monaldeschi mourant a droit de vous unir.

(Lui montrant la chambre de Christine.)

Tiens, voici ton épouse et sa couche royale...

(Lui montrant Clairet.)

Et le bourreau qui tient la torche nuptiale.

(Il se traîne vers la porte de la reine.)

Va donc réaliser l'espoir où tu te plus.
Entre ici maintenant.

(Il tombe en travers de la porte.)

CLAIRET.

Maintenant il n'est plus.

FIN.

77302

CHAQUE PIÈCE 20 CENTIMES.
475° et 472° LIVRAISONS

MICHEL LÉVY FRÈRES, ÉDITEURS
RUE VIVIENNE, 2 BIS.

CARBONNEAU

ORPHÉE

OPÉRA EN QUATRE ACTES

Musique de GLUCK

REPRÉSENTÉ A L'OPÉRA EN AOUT 1774, ET REPRIS AU THÉATRE-LYRIQUE, EN NOVEMBRE 1859.

ÉDITION CONFORME A LA REPRÉSENTATION

DISTRIBUTION DE LA PIÈCE:

ORPHÉE..	Mme PAULINE VIARDOT.
EURIDICE..	Mlle SAX.
L'AMOUR...	MARIMON,
UNE OMBRE HEUREUSE...............	MOREAU.

SUITE D'ORPHÉE, NYMPHES DE LA SUITE D'EURIDICE, TROUPE DE DÉMONS, DE SPECTRES ET DE FURIES, OMBRES DES CHAMPS-ÉLYSÉES.

ACTE PREMIER.

Le théâtre représente un bois sacré où l'on voit le tombeau d'Eu-ridice. La scène est occupée par une troupe de bergers et de bergères, et de nymphes de la suite d'Orphée et d'Euridice. Les uns portent des guirlandes de myrte et des vases de libation ; les autres sont occupés à répandre des parfums et à couvrir de fleurs le tombeau sur lequel l'Hymen est appuyé, ayant éteint son flambeau.

SCÈNE PREMIÈRE.

ORPHÉE, troupe de BERGERS et de BERGÈRES, NYMPHES de la suite d'Euridice.

LE CHŒUR.

Ah! dans ce bois tranquille et sombre,
Euridice! si ton ombre
Nous entend,
Sois sensible à nos alarmes;
Vois nos peines, vois les larmes

Que pour toi l'on répand!
Ah! prends pitié du malheureux Orphée!
Il soupire, il gémit, il plaint sa destinée;
L'amoureuse tourterelle,
Toujours tendre, toujours fidèle,
Ainsi soupire et meurt
De douleur.

(Ballet-pantomime des nymphes et des bergers.)

ORPHÉE, à la suite.

Vos plaintes, vos regrets augmentent mon supplice!
Aux mânes sacrés d'Euridice
Rendez les suprêmes honneurs,
Et couvrez son tombeau de fleurs.

LE CHŒUR.

Ah! dans ce bois lugubre et sombre,
Euridice! si ton ombre
Nous entend,
Sois sensible à nos alarmes!
Vois nos peines, vois les larmes

Que pour toi l'on répand!

ORPHÉE, à sa suite.

Eloignez-vous, ce lieu convient à mes malheurs,
Et je veux sans témoins y répandre des pleurs.

(La suite d'Orphée se retire avec les nymphes, et ils se dispersent dans le bois.)

SCÈNE II.

ORPHÉE, seul.

RÉCIT.

Euridice, Euridice! ombre chère, entends-moi!
D'un tendre époux entends la plainte amère!
Il invoque les Dieux dans son mortel émoi;
Mais l'écho, sans pitié, répond à sa prière.

AIR.

PREMIÈRE STROPHE.

Objet de mon amour!
Je te demande au jour
Avant l'aurore;
Et quand le jour s'enfuit,
Ma voix pendant la nuit
T'appelle encore.
Euridice!... de ce doux nom
Tout retentit, ces bois, ces rochers, ce vallon;
Sur ces troncs dépouillés de l'écorce naissante
On lit ce nom gravé par une main tremblante!
Euridice n'est plus... et je respire encor!..
Dieux! rendez-lui la vie, ou donnez-moi la mort.

DEUXIÈME STROPHE.

Accablé de regrets,
Je parcours des forêts
La vaste enceinte;
Touché de mon destin,
Écho répète en vain
Ma triste plainte.

RÉCITATIF.

Divinités de l'Achéron,
Ministres redoutés de l'empire des Ombres;
Vous, qui dans les demeures sombres,
Faites exécuter les arrêts de Pluton;
Vous, que n'attendrit point la beauté, la jeunesse,
Vous m'avez enlevé l'objet de ma tendresse...
O cruel souvenir!
Eh! quoi, les grâces de son âge
Du sort le plus affreux n'ont pu la garantir?
Implacables tyrans! je veux vous la ravir!
Je saurai pénétrer jusqu'au sombre rivage;
Mes accents douloureux fléchiront vos rigueurs:
Je me sens assez de courage
Pour braver toutes vos fureurs.

SCÈNE III.

ORPHÉE, L'AMOUR.

L'AMOUR.

L'Amour vient au secours de l'amant le plus tendre.
Rassure-toi: les Dieux sont touchés de ton sort;
Dans les Enfers tu peux descendre
Va trouver Euridice au séjour de la Mort.

AIR.

Si les doux accords de ta lyre,
Si tes accents mélodieux

Apaisent la fureur des tyrans de ces lieux,
Tu la ramèneras du ténébreux empire.

ORPHÉE.

Dieux! je la reverrais!

L'AMOUR.

Oui, mais pour l'obtenir,
Il faut te résoudre à remplir
L'ordre que je vais te prescrire.

ORPHÉE.

Eh! qui pourrait me retenir!
A tout mon âme est préparée.

L'AMOUR.

Apprends la volonté des Dieux:
Sur cette épouse adorée
Garde-toi de porter un regard curieux,
Ou de toi, pour jamais, tu la vois séparée:
Tels sont de Jupiter les suprèmes décrets;
Rends-toi digne de ses bienfaits.

AIR.

Soumis au silence,
Contrains ton désir,
Fais-toi violence;
Bientôt à ce prix tes tourments vont finir.
Tu sais qu'un amant
Discret et fidèle,
Timide et tremblant
Auprès de sa belle,
En est plus touchant.

(Il s'éloigne d'Orphée.)

Soumis au silence,
Contrains ton désir,
Fais-toi violence;
Bientôt à ce prix tes tourments vont finir.

SCÈNE IV.

ORPHÉE, seul.

RÉCITATIF.

Qu'entends-je! qu'a-t-il dit? Euridice vivra,
Mon Euridice!
Un Dieu clément, un dieu propice
Me la rendra.
Mais quoi, je ne pourrai, la rendant à la vie,
La presser sur mon sein?
Oh! mon amie!
Quelle faveur! et quel ordre inhumain!
Je prévois ses soupçons, je prévois ma terreur,
Et la seule pensée
D'une épreuve insensée
D'effroi glace mon cœur...
Oui, je pourrai! je le veux, je le jure!
Amour! j'espère en toi
Dans les maux que j'endure!
Douter de ton bienfait serait te faire injure.
C'en est fait, Dieux puissants, j'accepte votre loi.

AIR.

Amour, viens rendre à mon âme
Ta plus ardente flamme,
Pour celle qui m'enflamme
Je vais braver le trépas.
L'enfer en vain nous sépare:
Les monstres du Tartare
Ne m'épouvantent pas!
Je vais braver le trépas!

ACTE DEUXIÈME.

Le théâtre représente l'entrée des Enfers.

—

SCÈNE PREMIÈRE.

TROUPE DE DÉMONS et DE FURIES, ORPHÉE.

(Orphée, en approchant, fait entendre les sons de sa lyre. Les spectres et les furies cherchent à l'épouvanter.)

CHŒUR DES DÉMONS.

Quel est l'audacieux
Qui, dans ces sombres lieux,
Ose porter ses pas,
Et devant le trépas
Ne frémit pas?
Que l'effroi, la terreur
S'emparent de son cœur
A l'affreux hurlement
De Cerbère écumant,
Et rugissant.

ORPHÉE s'approche des démons en touchant sa lyre.

Laissez-vous toucher par mes pleurs,
Spectres, larves, ombres terribles.

LE CHŒUR.

Non, non !

ORPHÉE.

Soyez sensibles
A l'excès de mes malheurs.

LE CHŒUR.

Qui t'amène en ces lieux,
Mortel présomptueux ?
C'est le séjour affreux
Des remords dévorants,
Et des gémissements,
Et des tourments.

ORPHÉE.

Ah! la flamme qui me dévore,
Est cent fois plus cruelle encore :
L'enfer n'a point de tourments
Pareils à ceux que je ressens.

CHŒUR DE DÉMONS, attendris par le chant d'Orphée.

Par quels puissants accords,
Dans le séjour des morts,
Malgré nos vains efforts,
Il calme la fureur de nos transports.

ORPHÉE.

La tendresse
Qui me presse
Calmera votre fureur ;
Oui, mes larmes,
Mes alarmes
Fléchiront votre rigueur.

CHŒUR DES DÉMONS, enchantés.

Quels accords ravissants !
Quels sons doux et touchants !
De si tendres accents
Ont su nous désarmer,
Et nous charmer.

CHŒUR DES DÉMONS, qui environnent Orphée.

Qu'il descende aux Enfers,
Les chemins sont ouverts ;
Tout cède à la douceur

De son art enchanteur :
Il est vainqueur.

(Pendant le chœur, les portes de l'Enfer s'ouvrent : Orphée se fait un passage au milieu des spectres, enchantés par les sons de sa lyre, et il entre dans les Enfers.)

—

ACTE TROISIÈME.

—

SCÈNE PREMIÈRE

(Le théâtre représente les Champs-Élysées.)

(Ballet des ombres heureuses.)

TROUPES D'OMBRES HEUREUSES.

UNE OMBRE HEUREUSE, suivie de plusieurs autres ombres.

AIR, alternativement avec LE CHŒUR de la suite d'Euridice.

Cet asile
Aimable et tranquille
Par le bonheur est habité ;
C'est le riant séjour de la félicité.
Nul objet ici n'enflamme
L'âme ;
Une douce ivresse
Laisse
Un calme heureux dans tous les sens;
Et la sombre tristesse
Cesse
Dans ces lieux innocents.
Cet asile, etc.

(Les ombres s'éloignent.)

SCÈNE II.

ORPHÉE.

ORPHÉE.

Quel nouveau ciel pare ces lieux!
Un jour plus doux s'offre à mes yeux.
Quels sons harmonieux !
J'entends retentir ce bocage
Du ramage
Des oiseaux,
Du murmure des ruisseaux,
Et des soupirs de Zéphire ;
On goûte en ce séjour un éternel repos.
Mais le calme qu'on y respire
Ne saurait adoucir mes maux.
O toi, doux objet de ma flamme,
Toi seule y peux calmer le trouble de mon âme!
Tes accents
Tendres et touchants,
Tes regards séduisants,
Ton doux sourire,
Sont les seuls biens que je désire.

CHŒUR, dans la coulisse.

Viens dans ce séjour paisible,
Époux tendre, amant sensible ;
Viens bannir tes justes regrets :
Euridice va paraître,
Euridice va renaître
Avec de nouveaux attraits.

SCÈNE III.

LES OMBRES, ORPHÉE.

ORPHÉE.

O vous, ombres que j'implore,
Hâtez-vous de la rendre à mes embrassements!

Ah! si vous ressentiez le feu qui me dévore,
Si vous étiez aussi de fidèles amants,
J'aurais déjà revu la beauté que j'adore;
Hâtez-vous de me rendre heureux!

CHŒUR DES OMBRES.
Le destin répond à tes vœux.

SCÈNE IV.

LES OMBRES, ORPHEE, EURIDICE, voilée, dans l'éloignement.

(Danse des ombres.)

(Pendant le chœur suivant, les ombres amènent Euridice et mettent sa main dans la main d'Orphée, qui l'entraîne.)

CHŒUR DES OMBRES, à Euridice.

Près du tendre objet qu'on aime,
On jouit du bien suprême:
Goûte le sort le plus doux,
Va renaître pour Orphée;
On retrouve l'Elysée
Auprès d'un si tendre époux.

(Les ombres heureuses accompagnent Orphée et Euridice.)

ACTE QUATRIÈME.

Le théâtre représente une caverne obscure et inhabitée, qui conduit hors des Enfers.

SCÈNE PREMIÈRE.

ORPHEE, EURIDICE.

(Orphée amène Euridice par la main, sans la regarder.)

ORPHEE.

Viens, viens, Euridice, suis-moi,
Unique et doux objet de l'amour le plus tendre.

EURIDICE.

C'est toi!..... je te voi!..
Ciel! devais-je m'attendre.....

ORPHEE.

Oui, tu vois ton époux; j'ai voulu vivre encor,
Et je viens t'arracher au séjour de la Mort.
Touché de mon ardeur fidèle,
Jupiter au jour te rappelle.

EURIDICE.

Quoi! je vis, et pour toi?
Ah! grands dieux, quel bonheur!

ORPHEE.

Euridice, suis-moi.....

Profitons sans retard de la faveur céleste;
Sortons, fuyons ce lieu funeste.
Non, tu n'es plus une ombre, et le dieu des amours
Va nous réunir pour toujours!

EURIDICE.

Qu'entends-je! ah! se peut-il! heureuse destinée!
Eh quoi! nous pouvons resserrer
D'amour la chaîne fortunée?

ORPHEE.

Oui: suis mes pas sans différer.

(Il quitte la main d'Euridice.)

EURIDICE.

Mais par la main, ma main n'est plus pressée,..
Quoi! tu fuis ces regards que tu chérissais tant!
Ton cœur pour Euridice est-il indifférent?
La fraîcheur de mes traits serait-elle effacée?

ORPHEE, à part.

O dieux! quelle contrainte!

(Haut.)

Euridice, suis-moi...
Fuyons de ces lieux, le temps presse,
Je voudrais t'exprimer l'excès de ma tendresse...

(A part.)

Mais, je ne puis! ô trop funeste loi!

EURIDICE, tendrement.

Un seul de tes regards!.....

ORPHEE.

Tu me glaces d'effroi!

EURIDICE.

Ah! barbare!
Sont-ce là les douceurs que ton cœur me prépare?
Est-ce donc là le prix de mon amour?
O fortune jalouse!
Orphée, hélas! se refuse en ce jour
Aux transports innocents de sa fidèle épouse.

ORPHEE.

Par tes soupçons cesse de m'outrager.

EURIDICE.

Tu me rends à la vie, et c'est pour m'affliger!
Dieux, reprenez un bienfait que j'abhorre!
Ah! cruel époux, laisse-moi!

DUO.

ORPHEE.

Viens, suis un époux qui t'adore.

EURIDICE.

Non, ingrat, je préfère encore
La mort qui m'éloigne de toi!

ORPHEE.

Vois ma peine!

EURIDICE.

Laisse Euridice!

ORPHEE.

Ah! cruelle! quelle injustice!
Viens! je t'implore, suis mes pas.

EURIDICE.

Parle, réponds, je t'en supplie.

ORPHEE.

Dût-il m'en coûter la vie,
Non, je ne parlerai pas.

EURIDICE et ORPHEE, ensemble, à part et sans se regarder.

Dieux! soyez-moi favorables!
Voyez mes pleurs!
Dieux secourables,
Quelles rigueurs!
Quels tourments insupportables
Mêlez-vous à vos faveurs!

(Orphée s'appuie contre un rocher.)

EURIDICE, à part, éloignée d'Orphée.

Mais d'où vient qu'il s'obstine à garder le silence?
Quel secret veut-il me cacher?
Au séjour du repos devait-il m'arracher,
Pour m'accabler de son indifférence!
O destin rigoureux!
O force m'abandonne;
Le voile de la mort retombe sur mes yeux;
Je frémis, je languis, je frissonne,
Je pâlis,
Je frémis,
Mon cœur palpite,
Un trouble secret m'agite,
Tous mes sens sont saisis d'horreur,
Et je succombe à ma douleur.

AIR:

Fortune ennemie,
Quelle barbarie!
Ne me rends-tu la vie
Que pour les tourments?
Je goûtais les charmes
D'un repos sans alarmes,
Le trouble, les larmes
Remplissent aujourd'hui mes malheureux moments.

ORPHÉE, à part.

Ses injustes soupçons redoublent mes tourments ;
Que dire ? que faire ?
Elle me désespère...
Ne pourrai-je calmer le trouble de mes sens ?...

EURIDICE, à part.

Fortune ennemie !
Quelle barbarie !
Ne me rends-tu la vie
Que pour les tourments ?

ORPHÉE, à part.

Quelle épreuve cruelle !...

EURIDICE, à part.

Il m'abandonne...

(Haut.)

Orphée !

Quoi ! tu refuses du secours
A ton épouse désolée !
O Dieux ! à vous seuls j'ai recours !
Hélas ! dois-je finir mes jours,
Sans un regard de ce que j'aime ?

ORPHÉE, à part.

Je sens mon courage expirer,
Et ma raison se perd. Dans mon amour extrême,
J'oublie et la défense, Euridice et moi-même.
Ciel !

(Il fait un mouvement pour se retourner, et tout à coup se retient.)

EURIDICE.

Cher époux, je puis à peine respirer.

(Elle tombe sur un rocher.)

ORPHÉE.

Rassure-toi, je vais tout dire.

(A part.)

Apprends... Que fais-je ? Ah ! justes Dieux !
Quand finirez-vous mon martyre ?

EURIDICE, d'une voix entrecoupée.

Reçois donc mes derniers adieux...
Et souviens-toi d'Euridice...

ORPHÉE, avec transport.

Où suis-je ? je ne puis résister à ses pleurs...
Non, le ciel ne vaut pas un plus grand sacrifice !
O ma chère Euridice !

(Il se retourne avec impétuosité.)

EURIDICE s'élance dans ses bras, et meurt.

Orphée ! ô ciel ! je meurs !

ORPHÉE.

Malheureux, qu'ai-je fait ! et dans quel précipice
M'a plongé mon funeste amour !
Chère épouse ! Euridice !
Elle ne m'entend plus, je la perds sans retour :
C'est moi qui lui ravis le jour !
O loi fatale !
O peine sans égale !
Inutile remord !
Dans ce moment funeste,
Le désespoir, la mort,
Est tout ce qui me reste !

AIR.

J'ai perdu mon Euridice,
Rien n'égale mon malheur ;
Sort cruel ! quelle rigueur !
Je succombe à ma douleur !
Euridice !... Euridice...
Réponds-moi !... quel supplice !
C'est ton époux fidèle,
Entends ma voix qui t'appelle...
J'ai perdu, etc.
Mortel silence !
Vaine espérance !

Quelle souffrance !
Quels tourments déchirent mon cœur !
J'ai perdu, etc.
Ah ! puisse ma douleur finir avec ma vie !
Je ne survivrai point à ce malheur affreux,
Je touche encore au seuil de ces sombres lieux,
J'aurai bientôt rejoint ma compagne chérie ;
Oui je te suis, tendre objet de ma foi,
Je te suis, attends-moi !...
Tu ne me seras plus ravie,
Et la mort pour jamais va m'unir avec toi !

(Orphée tire son épée pour se tuer.)

SCÈNE II.

ORPHÉE, L'AMOUR, EURIDICE.

L'AMOUR.

Arrête... Orphée.

ORPHÉE.

O ciel ! qui pourrait en ce jour
Retenir les transports de mon âme égarée ?

L'AMOUR.

Calme ta fureur insensée,
Arrête, et reconnais l'Amour,
Qui veille sur ta destinée.

ORPHÉE.

Qu'exigez-vous de moi ?

L'AMOUR.

Tu viens de me prouver ta constance et ta foi ;
Je vais faire cesser ton douloureux martyre.
Sois heureux !

(L'Amour touche Euridice et l'anime.)

Euridice ! respire !
Du plus fidèle époux viens couronner les feux.

ORPHÉE, avec transport.

Mon Euridice !

EURIDICE.

Orphée !

ORPHÉE.

Ah ! justes Dieux !
Quelle est notre reconnaissance !

L'AMOUR.

Ne doutez plus de ma puissance.
Je viens vous retirer de cet affreux séjour,
Jouissez désormais des faveurs de l'Amour.

(Le théâtre change et représente le temple de l'Amour.)

SCÈNE III.

ORPHÉE, EURIDICE, L'AMOUR, SUITE d'Orphée et d'Euridice.

LE CHŒUR.

HYMNE A L'AMOUR.

Le Dieu de Paphos et de Gnide
Anime seul tout l'univers.
De ses traits, dans les airs,
Il atteint l'oiseau rapide ;
Il embrase la Néréide
Jusque dans le sein des mers.
Il embellit la jeunesse,
Il réunit la grâce à la beauté :
C'est lui qui pare la sagesse
Des attraits de la volupté.
C'est encor lui qui nous console
Lorsque nous perdons ses faveurs :
Ce dieu charmant, lorsqu'il s'envole,
Nous laisse l'amitié pour essuyer nos pleurs.

FIN.

LAGNY. — Typographie de A. VARIGAULT et Cie.